雪落在

南方的乡下

胡金华 著

深圳出版社

图书在版编目（CIP）数据

雪落在南方的乡下 / 胡金华著. -- 深圳：深圳出版社，2023.9
ISBN 978-7-5507-3860-7

Ⅰ.①雪… Ⅱ.①胡… Ⅲ.①诗集－中国－当代
Ⅳ.①I227

中国国家版本馆CIP数据核字(2023)第108592号

雪 落 在 南 方 的 乡 下
XUE LUOZAI NANFANG DE XIANGXIA

出 品 人　聂雄前
责任编辑　吴　珊　刘　婷
责任校对　熊　星
责任技编　梁立新
装帧设计　日尧设计

────────────────

出版发行　深圳出版社
地　　址　深圳市彩田南路海天综合大厦（518033）
网　　址　www.htph.com.cn
订购电话　0755-83460239（邮购、团购）
设计制作　深圳市龙瀚文化传播有限公司 0755-33133493
印　　刷　深圳市华信图文印务有限公司
开　　本　889mm×1194mm　1/32
印　　张　6.75
字　　数　129千
版　　次　2023年9月第1版
印　　次　2023年9月第1次
定　　价　48.00元

────────────────

序

诗人自有诗人的爱

与金华相识源于他在湖南省怀化市水利局局长任上，那时只知道他是工作狂，为水利的事敢于豁出命去，但不知道他曾写过诗，还藏着一个诗人梦。这两年我兼任水利作协主席，才注意到金华的诗歌创作，眼前不觉一亮，心里也感慨万千。打电话给他，他说退居二线了，可以重新拾笔写些东西。正如他说的："心底的文学梦从未泯灭，再忙也一直在偷偷地读诗，偶尔还偷偷地写诗。"金华对诗歌自有他的看法，对创作也有自我追求。他袒露自己读诗写诗三原则：一是说人话，要让更多的人读得懂，要让读者知道你想说什么；二是动真情，他反感有些诗人的造作，更反感现实中"从炊烟里走出要断炊烟"的人；三是要有诗意，努力写得有韵味和画面感。说实话，我与金华对诗歌的认识、鉴赏和创作并不完全一致，创作风格也有所不同，但我们内心都有一份对诗歌的挚爱，正是这份爱把我们紧紧联结在一起，让我们可以敞开心扉、畅所欲言，也能够相互砥砺、切磋提高。

诗人的爱深深植根于他的时代情怀。金华经历过童年和少年的生活艰辛，改革开放后幸运地成为"天之骄子"，参与过新时代的伟大变革，对祖国、对人民、对脚下的土地始终怀有深沉而缱绻的爱恋。他把这种爱倾诉在笔端、在诗歌里。在《拥抱深蓝》里，他歌颂中国航天事业，"这片深蓝，是一个天大的棋盘／田野的葱郁／工厂流水线的蓝领／大学城科学院的弧光／决策和设计者的蓝笔和蓝皮书／直至军营的墨绿／都揉进了这航天服上的底色／绘就这万物逢春的时代长卷／于是，我深爱着这片航天蓝"。诗人巧妙地运用棋盘这一比喻，把田野、工厂、大学城、科学院、军营等都熔铸在一起，铺就了航天蓝的底色，寄予了对祖国综合实力的赞美。在《来自南国的欢迎》一诗中，诗人另辟蹊径，为北京冬奥会送上最美好的祝福。"北京冬奥会／我们以中国南方的方式欢迎您／让南水北调送您一江碧水／让喜鹊衔枝送您一朵梅一个春天"，立意巧妙又自然贴切，一位南方诗人对北京冬奥会的欢迎之情跃然纸上。这里特别需要指出的是，金华在脱贫攻坚方面创作的诗歌数量占比大，比如组诗《朝花夕拾》《武陵山的梅子熟了》《续写山乡巨变新篇》《山区的花儿开了》等，每组诗都有独特的视角、精细的表达，汇聚在一起，全方位展现了新时代山乡巨变。同时，在这场勠力同心的攻坚战中，诗人也展现了农民群众的自强不息精神。"好多词山里人似懂非懂／许多事让他们心烦／生锈的不止是砍柴刀／喊开会他们答要护林进山／填问卷调查的多项选择他们选择挑担／／山里的空气／洗亮山里人的心和眼睛／他们分得清家猫和野猫／算得准时间和收入账／记得清每张蹲点干部的脸庞"（《金子村》），诗人在对扶贫工作热情赞颂的同时，也以山里人口吻对其中存在的问题给予了善意嘲讽，这反而进一步增强了诗歌的立体感。

诗人的爱深深植根于他的故土情结。金华具有浓郁的故乡情结，这不仅是因为故乡的土地养育了他，还因为故乡承载着金华的诗人梦想、寄予着诗人的人生观念、传承着诗人的文化理想。三湘大地、洞庭四水，这里有着独特的自然风光、深厚的文脉底蕴、代代相传的伟人故事、至亲至爱的亲朋好友。在诗人笔下，千溪成河、万川归海，成就了既大气磅礴又温婉细腻的诗国海洋。在《涟河颂歌》《左公故里怀古》等组诗里，诗人追寻着英雄的足迹，抒发着时代的怀想。在《为父亲写墓志铭》《母亲印象》《散落天堂的爱》等诗中，诗人饱含泪水，为父母、为亲人画像，为生长于斯埋葬于斯的芸芸众生留下了诗的印记。这里，既有诗人撕心裂肺的追忆，又有沉潜发酵的反思。诗人是大孝子，对父母的孝敬恭从不时流露笔下。他在高铁上用手机改写父亲的墓志铭，"满载的车厢一下如无人的世界／整个身躯一如子弹头飞车／穿梭在时光隧道和父亲的心波／心汁压榨成二百碑文"（《为父亲写墓志铭》）。他向父亲承诺，"您去了，以往所有的好陡涨／涨成了记忆里的河／诗文里的泪／儿余生的一缕温暖／继续撑着敬母的源泉"（《思父》），年近花甲的诗人有着一颗讨娘欢心的赤子之心，枝枝叶叶中映射着大爱光芒。这部集子里，还有不少记游诗，也每每与故土相参照，在他乡之行中反刍故乡，别有一番滋味。我们还要注意到，诗人对故土的眷念中有时也流露出一丝淡淡的忧伤，这不仅仅是岁月催人老的感叹，还有对耕读传家、孝老爱幼、感恩报德、勤劳坚韧等乡土文化式微的挽留。"我只想抱着这青石板路的腰痛哭一场／我的如青石般黛青的头发呢／我的如青石般黛青的记忆呢"（《青石板路》），"回不去了，时光／身上的汗水早已干涸／倒是笑容长留／在柴院主人的脸上"（《柴院》）。读这些句子，不禁叫人唏嘘。诗人尤其痛心疾首的是那些数典忘祖的人，"可从最熟悉的路上走出／最容易忘了来时的模样／吃饱了便忘了饿忘了粮／穿暖了便忘了冻忘了布与衣／甚至从炊烟里走出要断炊烟"（《从炊烟里走出要断炊烟》）。诗人的呐喊犹如一记重锤，值得我们警醒。

　　诗人的爱深深植根于他的水利情感。金华长期从事水利工作，对水利怀有真挚的职业情感，治水管水兴水是他最重要的人生追求和价值所在，当然也融入了他的诗歌里，作为水利人，对此我感触尤为深刻。在组诗《在江汉大地》里，他站在丹江口水库大坝上，抒发着水利人对南水北调中线工程水源地的虔诚与自豪，"我是一个慕名而来的湘人／一个不拜武当要拜大坝的"香客"／观烟波浩渺的丹江湖／我愿是漫江碧透里的一尾丹江鱼"。在《烂泥湖的荣光》一诗中，他对二十世纪七十年代"拧紧裤腰带创造出了人间治水奇迹"的四十万治水"泥军"充满敬意，对今天"烂泥湖变成了国家湿地公园"的"新山乡巨变的风景画"给予深情歌颂。在《云端里的花海》里，诗人写道："好花要有好水浇／高山流水涌进滴灌喷灌／一张节水网串起田野山岗"，倘若不是水利人，视野里很难出现这么一幅图画。水利并不是诗人自己的选择，而是祖国的需要、时代的召唤和人生的机缘，但诗人干一行爱一行钻一行成一行，"普通和平凡耗时正好一花甲／我们在《雷锋日记》里寻找勇气和诗意／把自己钉进了共和国大厦／永不生锈还待时间检验／时间也会检验出我们这代人生命的不悔"（《从螺丝帽到螺丝钉》），诗人的自况也是当代大禹的共同心声。

爱与情是水乳交融的，大爱就是至情。这本集子里，无论是写景状物，还是写人记事，浓烈的情感抒发是其最显著的特色。诗人的爱是有根的，也是有形有状、有血有肉的；诗人的情是真挚、朴素、热烈、深沉的，不矫揉造作，不无病呻吟，不凌空蹈虚。我想，能够做到这一点，主要得益于：一是丰富的生活阅历。金华的生活经历十分丰富，又有一颗敏感诗心，有浩然之气。他的诗都取自日常生活，所到之处、所观之景、所思之人皆有诗意，因此，他的诗非常自然，随物赋形，率意而成，没有丝毫的拼凑堆砌，"常行于所当行，常止于不可不止"，达到自然天成的境界。二是切口的精细入微。诗人的题材比较广泛，其中不乏类似航天、冬奥会等宏大题材，但是诗人善于从细微处入手，运用细节来承载诗歌的旨归。特别是在《乡村工匠，远去的荣耀》这组诗里，对人物形象的细节描写比比皆是。"外公一辈子酷爱石头／九十岁时还给自己凿了石墓"（《石匠》），仅此两句，就将一个老石匠的豁达胸怀刻画得入木三分。"远看背着一座山／近看背着一张琴／纺锤一响／棉花万两"（《弹匠》），熟悉早年弹匠生活的一代人，对"一座山""一张琴"的细节比喻一定会拍案叫绝。三是语言的诗意营造。诗人钟情于实话实说、深入浅出。一首诗只有叫人懂了才能让人爱上，诗人深谙此道。但是，金华的诗歌也不是平淡无味的大白话，相反，正如他所说的，"努力写得有韵味和画面感"。通读诗集，我觉得他做到了。诗人选词造句很有讲究，语言注重及物性，许多词语具有浓郁的湖湘标识，既凸显了地域文化特色，也使得诗歌充满画面感；不少细节镶嵌在历史和时代中，彰显了逼真的现场感。诗人特别注重韵味的酿造，有些句子让人回味无穷，甚至忍俊不禁。比如"上坊村别联想上访／黄旗村可以联想黄金／胜溪村肯定今胜于昔／有意思的是女村支书被叫成'杨门女将'"（《粟裕故乡的油菜花》），通过谐音的联想和对比，活脱脱勾画出堡子镇的可喜变化。类似这样生活气息浓厚、诙谐幽默的语言在诗集里俯拾皆是。

在一篇小文里对金华的诗歌进行条分缕析是不可能的，但仅以我初步的阅读，就能感受到这是一部叫人击节称赞的好集子。这一切，都再次证明，诗歌要扎根时代、扎根生活、扎根群众。"我来自南方的乡野／一只吃惯了竹根竹笋的竹鼠／一尾习惯了水田旱田的泥鳅／一条闻惯了汗臭和香火味的家犬／我的灵魂属于我的那片土地／前世今生注定是一个乡巴佬"（《一个流浪在城里的乡下人》）。"乡巴佬"胡金华是一位有底气、有追求的诗人，我祝愿他在自己的那片土地上继续精耕细作，为诗坛带来更多的惊喜。

2023 年 4 月 16 日于北京

李训喜，中国作协会员，中国水利文协副主席兼水利作协主席。

目录

讴歌时代

怀念故乡

思念亲人

山水游记

怀旧砭时

讴歌时代

拥抱深蓝

——为中国航天而作

在遥远遥远的天际

在湛蓝湛蓝的星空

在两艘飞船亲吻的一刻

天门大开

六个黄皮肤的男女相牵相拥

六朵航天蓝绽放

天人一体，好梦成真

喜悦高挂

一个属于中国的世界隆重登场

那片深蓝，使人想起大海

当人类的祖先还在孕育

海洋中一个鱼跃

那就是奔向天空的祈祷

那片深蓝，使人想起从黄土地爬起的华夏

夸父、飞天、嫦娥

在传说、历史、石壁、厚土中

记满了飞天的梦想

我们的祖先生怕后人忘记
将最后的寄托与归宿命名仙界

那片深蓝，是永远迷人的神往
仰望星空，一直是进击的姿态
当蓝眼睛的精灵向那片深蓝飞去的时候
被讥讽为"东亚病夫"的国人还在云里飘浮
洋油灯照着四分五裂昏天黑地的国度
洋火燃烧着衣不蔽体食不果腹的子民
洋钉上挂着民族一串串的耻辱
哪里敢奢望头上有盏神灯

这片深蓝，神十四、十五的会师
使我想起雪山草地的那次会师
都源于西部
都缘于荒凉
好在大漠孤烟之上
有北斗七星闪亮指引
红旗飘荡下的中华儿女
捡起一张白纸
写下尊严，画上锦绣
描出了登天路径

这片深蓝，是盐是卤

是汗水、泪水、血水的结晶

为了这片蓝

多少国人牺牲

多少航天人献了青春献子孙

千锤百炼，所有的岁月

都像火箭被蓝色的火焰点燃

这片深蓝，是一个天大的棋盘

田野的葱郁

工厂流水线的蓝领

大学城科学院的弧光

决策和设计者的蓝笔和蓝皮书

直至军营的墨绿

都揉进了这航天服上的底色

绘就这万物逢春的时代长卷

于是，我深爱着这片航天蓝

站在酒泉高高的发射塔

可以遥看罗布泊、西昌、文昌、北京

可以触摸天宫、神舟

可以双手拥抱更蓝更远的天穹

一个民族

只要不断向那片深蓝奔去

就一定能够追求永恒

来自南国的欢迎

这雪下得啊多年未见

从北到南银装素裹

我南国的家乡连降三场

落成了江南的连绵和多情

喜悦站成门前一个个的雪人

白雪中的春联更加鲜艳

白雪中的中国年更具风味

这个年注定不一样了

北京冬奥会如期而至

大红的中国结和灯笼高高挂起来

都笑我是一只南方的旱鸭

偏偏又抱着祖先飞天的梦想

羡极北国风光里翩翩起舞的武林高手

一只旱冰鞋失落在少年的桥头

国门里的冬奥会再次敲醒青春

只想撑向高台腾空一跃

在空中划出优美弧线

花样滑冰能滑出花样年华

此夜无眠的南国啊

披一件洁白的风衣

早早换上水晶鞋

如冰刀般锋利

如冰壶般旋转

用短道速滑的速度与激情

飞奔着克服一切阻力

同日新月异的时代比赛

即使舒缓一下也是迷人的舞姿

释放南方的勇气

释放南方的俊秀

在祖国和世界的 T 型台上高清露脸

至于那挽起赛场的高铁

早就挽起神州城乡快进快出

让我们亿万颗心

挽得更紧，更贴近祖国心脏

年后的中国马上立春

北京盛装不解更添新奇

火辣辣情怀点燃冬奥火炬

科技让一切变得如此绚丽

举国正欢迎各国健儿与宾客

盛产鲜花和热情的南国自然不会落后

南方也有最憨的冰墩墩最美的雪容融

北京冬奥会

我们以中国南方的方式欢迎您

让南水北调送您一江碧水

让喜鹊衔枝送您一朵梅一个春天

再请我们南国的歌手带我们歌唱

《一起向未来》

我们一起向未来

朝花夕拾（组诗）

　　武陵山片区是全国少有的几个集中连片特困地区之一，是脱贫攻坚的主战场，十八洞在此。巍巍群山作证，这里发生了翻天覆地的变化。作为一个山民、一个亲历者，我记录着，捧上几朵山花……

一个古村的新生

　　富民村，古枫古井古屋
　　祖先遗落的梦

　　四周有峭壁
　　江南的黄土高坡
　　男人早谢的顶
　　一个装清汤的大窑碗
　　讨米的唯一工具
　　讨不来丑媳妇

　　一条石路通往村前的缺口
　　老婆婆牙齿脱落后的牙缝
　　逃失了祖宗八代才出的秀才
　　还有打工的后生仔

忽一天，天空现彩虹

穿西装的秀才回来了

后盾单位送来扶贫的工作队员

紫燕穿梭在家家户户的屋檐

他们突发奇想

干脆让时间停摆

把留下的曾经打点成民俗

沿着老祖宗的来路逆袭奔跑

经营回忆和百岁老人

扫干净，给古村洗一把脸

造林草，给山丘植发补水

多年干枯的古井清水陡涨

漫过稻田水塘山溪

一路寻找远方的大江大河

载着这里绿水青山的倒影

还有回乡者来不及也洗不掉的一头霜

一条条鱼儿游动一个个鲜活的故事

游客蜂拥而至

最沉不住气的仍是书生

用沾满秋天的颜色烫金挥毫

清水村，赵孟頫和李太白惊起睡床

金子村

金子村，悬崖上的吊脚楼

十万群山里的一丘田和一颗石头

烧木炭熏黑的岂止是脸

是金子总会发光

可八辈子哪里见过金子

风曾从发亮的山顶吹过

好像飘来金子的影子和味道

山背常年也穿棉袄

日子特长

生活是块腊肉

只是高挂在终日熏烤的火塘

经历了从扶贫到乡村振兴

一直有工作队驻村

连续就是十年时光

山神们惊讶哪个朝代会是这样

好多词山里人似懂非懂

许多事让他们心烦

生锈的不止是砍柴刀

喊开会他们答要护林进山

填问卷调查的多项选择他们选择挑担

山里的空气
洗亮山里人的心和眼睛
他们分得清家猫和野猫
算得准时间和收入账
记得清每张蹲点干部的脸庞

十年磨成一剑
水泥路，引大小汽车进家门
自来水，让城市乡村洗起了"鸳鸯澡"
路灯，驱散了千年的黑暗与恐惧
最难得是，中药材爬满荒山野岭

时不时有山下的药厂收货
粗加工车间堆满了笑声
不知是谁故意在小黑板上错写
龙飞凤舞将黄精写成黄金

深山找好水

饱汉不知饿汉饥
有水的哪知缺水的苦

大寨找的是水

红旗渠引的水

我至今做梦还是儿时挑水的疼

高山有好水

谁知这南方深山的寨子缺水喝

民国年间曾为水打断了几个村的交情

大旱，祖祖辈辈望着古庙的青烟凝成云雨

精准扶贫讲的是精和准

卡脖子的事就要刀架脖子

书记问水利局局长怎么办

没有水脱不了贫你就别干

驻村的攻坚队压力最大

猴子捞月还有个水井

方圆几十里找水源

荆棘丛中寻泉声

一线天里探玄机

磨穿了脚上的血泡和几双胶鞋底

山外有山的仙人洞看了泪流成溪

一算接通要百多万

压到这需要扶贫的村可是登天路径

跑步立项、审批

终于感动各方

减压防冻只是技术活

下力气才能打通世代淤堵的心结

一群人一年的汗水流呀流

汇成了通村通民的汩汩心泉

从此这里和水结缘

从此这里和青山结缘

从此这里和欢笑结缘

最动情的山风合不拢嘴

从山的缺口不断诉说新的山乡巨变

武陵山的梅子熟了（组诗）

杨梅红了

一颗一颗的红

挂在一树一树的青绿间

一盏一盏的小灯

吸引远航的心与船

画意，仙境

传说中女娲的乳头

酸甜酸甜的乳汁

酸甜酸甜的人生

从古至今的挚爱

故乡高大的杨梅树下

寄存着我的童年

小伙伴们偷梅的记忆近在咫尺

姨娘追打我的快乐在体内唤醒

往事如烟，那几株孤单的梅树黯然老去

好在这里的气候适宜让童话复活

扩面，脱贫撒播的种子

代代振兴山乡的愿望

喜悦顺着采摘云梯爬上高高的苗寨

侗歌和笑声堆满筐筐背篓

江南的梅雨走了

武陵山的杨梅熟了

摘梅姑娘的脸红了

山下工厂流水线启动了

流动着火辣辣的目光

喝杨梅酒、找摘梅子小姐姐的小伙醉了

望梅的人心里只留下酸

成群的鸟儿叫开天幕

惊醒民宿中鸟一样多的游客的美梦

诱人的梅子味渗进炊烟

微醉游人的脚步和我的诗行

杨梅节

望梅止渴是兵道和先人智慧

有机无机是不种地书生的热话

果农们只知种梅不用化肥农药

摩登的女士们争先恐后吃为了美容

怕酸的男士好远就看见绯红的脸和唇

杨贵妃要是活在当下

定会叫疼爱的君王赠予杨梅

估计是季节和梅雨不识趣

挂果难采摘难贮运更难

搅坏了一山梅和一片痴情

盘古开天，偏僻山区有了冷链

随时可以找到用处与四季的感受

天南地北都可以共享此地此刻

笑弯了梅农梅树

忙坏了快递哥

只要愿意，女人都可成贵妃

花枝招展催熟杨梅成了一个节日

木洞庄园

有树，有厂，有民宿

以木洞原驻地的名义邀成十里洋场

连基地，连梅农，连游客，连心

青山绿水间六业兴旺

红心跳动在流水线上

千万只山妖变的红精灵

压榨出红红火火的日子

喝上一杯这里酿的美酒吧

让容颜焕发时光不老岁月流金

乡村工匠，远去的荣耀（组诗）

——献给曾经的能工巧匠，普通的劳动者，

　乡村致富的领跑者，我们的亲人

石匠

青山掩盖不了当年的裸露和念想

那时乡下什么都不多，石头最多

什么都缺，好在还有疼爱我的外公

外公是个老石匠

石匠也时兴带徒弟

砌墙、造门、凿碑很吃香

修屋造桥雕龙刻画

当然是绝好手艺

外公的徒弟当了专家，后来远渡重洋

这群人在灰尘里讨生存

工作最好的季节是大热天

只系一条短裤成标准的工装

采石场都在高高的悬崖

采石是门技术活

徒弟们在下师傅在上

远远望见钢钎上飘荡着外公瘦小的身躯

热风吹过，岩下有雨滴洒落

一排胸脯黑得发亮

掠过过路女人的目光

惊讶溢满我童年送水的大瓦缸

外公一辈子酷爱石头

九十岁时还给自己凿了石墓

留下一处空白要我妈妈和舅舅填上

每年新年和清明

我们祖孙俩隔着石头打望

习惯沉默的外公总是不作任何回响

铁匠

乡下的工匠

只有铁匠最有排场

好大的锤、砧、风箱

好看好烧的煤

挪一个地方要有几副挑担

注定要几个人

注定要讲协同

早期乡间的小工厂

叮当叮当

只有铁匠来了最有声响

从不用走村吆喝

风箱一拉

铁锤一响

大到锄、耙、犁

小到钳子、夹子、剪刀

农家铁器集散地

男人扯淡抽烟的集结号

小孩的游乐园

铁打的身体

一身的劲

只有铁匠最配

我的岳父岳母都是打铁出身

两副担子拖着几双儿女

几百里迁徙

不知去了多少村庄

几十年才在异乡安家

总觉得应该长命

可比我种田的柔弱父母早亡

弹匠

远看背着一座山

近看背着一张琴

纺锤一响

棉花万两

"哚哚墩墩

弹匠师傅嫁奶奶"

恶作剧般乡间古老的童谣

喜欢表兄拿纺锤的模样

他奶奶我姑奶奶就在旁纺纱

童年的我像一只蝴蝶

满屋漫天雪花飞舞

满屋土琴声悠扬

可怜欢乐非常短暂

他祖孙俩因为肺癌早已去了天堂

木匠

橡木榉木楠木红豆杉

天生是块好料

做什么像什么

会打家具会起房子也会做棺材

眯一眼，就会估木头和女人的尺寸

不用一个钉子造起木桥木亭木楼

站着是一条线

墨线一弹

曲直是非一根筋

躺着是一张犁和弓

蹲在新屋顶就是一只叫鸡公

应是遗传

孙子玩游戏如他当年玩刨斧锯

该电打死的应该是电

可是鲁班和祖传的木箱被击中

至今仍躺在尘封的神龛

风雨桥上听风雨

相思亭里害相思

执拐前行

冷眼看这花花世界

谁家又在搞拆迁

谁家又要起高楼

篾匠

魔术师的手

编织出精美的竹器

父亲喜欢你削的扁担

母亲喜欢你织的席

城里表弟喜欢你闲时做的装蝈蝈的篓

我喜欢你编的拾柴刹草的筐

一把篾刀

削薄自己后半生的命

摸着你干粗的手

伤我的皮，刺我的心

补锅匠

喜欢你手上小小的炉巴 ①

据说是上天送给始祖女娲的相思

没有经不起相思粘补的漏洞

只有没黑没亮的时光

那个年代总有补不完的烂锅

总有补不完的遗憾

喜欢你像唱戏一样的吆喝

没有那金刚钻

就不揽瓷器活

补锅的一般会补碗

男人粗糙的手竟巧如女红

笑声里奇迹般缠好了打碎的瓷碗

让我们少挨了一顿骂和打

几十里山路追看花鼓戏《补锅》

喜欢小聪兰英的故事和模样

只希望你进村也带个尾巴

可惜兰英斯人已老时光已逝

你也只剩干涩的回忆

————————

① 炉巴，湖南方言，补锅时放在手上防烫的小垫子，一般由草
　灰、棉布等做成，又叫焊巴。

泥瓦匠

荒郊野外，寒洞寒窑

祖传的手艺

祖传的寒门

后来才知

历史多少次改变来自寒门

你的鸿鹄之志是找头好牛

生在泥水里

命就无法从泥巴里拔出

连饭碗都是泥做的

好泥靠踩

一双脚肿得像个冻萝卜

汗毛全被拔光

有牛就好多了

最好是五六岁的水牛牯

蒙上自己和牛的眼睛

就这么给自己的人生画圈圈

圈圈画得最得意的还是做瓦

踩熟的泥巴砸在模具上

一手摇着转盘一手让泥均匀

一片一片泥瓦剥落

在我们孩子的眼里

那是神奇的魔术

祖坟冒不冒青烟我们不得而知

但知道，在有青烟的地方找得到你

看着泥瓦由黄变青，我们更加高兴

顺便用碎瓦片煨熟从家里偷出的鸡蛋

你一个我一个

青烟没了

我的童年没了

泥窑和往事都长满了茅草

修补匠

一副挑担倒不稀奇

稀奇的是手上那串丁零零的铁板

像快板但比快板好使好听

长长的吆喝还有伴奏

就是我们乡下人喜欢的山歌

往那儿一坐

女人和小孩会笑开花

一村的妇女抱着一堆破铜烂铁

需要修修补补的太多太多

其实夜不闭户要什么锁

习惯了淋雨的乡下人能打几次伞

惊奇刺激的不只是山外男人的汗

牙膏皮、鸡肫子可兑上针和线

堂客们的冬天不会寂寞

扯出的陈年旧事比纳鞋底的线更长

挑扁担的男人鞋最容易穿烂

阉猪公

好像个郎中

也背着个稀罕的药箱

也有张和蔼的脸

可我们小孩都害怕

尤其是那双手

把活泼乱跳的猪和鸡搞哭

号啕大哭，血淋淋的

大人们都疯了
自己吃不饱还好酒好菜招待
临行前还要塞个红包

最疯的是我爹
跟他交上了朋友
第一批农村人做了结扎

赤脚医生

热天，真的是一双赤脚
脚板，像铁，丈量着生养的地方
锄头，始终扛在肩上
药箱，总随身携带
像农垦战士屯守边疆

进出门，一张笑脸
打招呼，一口地道的乡音
张爹，李婶，王奶奶
亲切的称谓

看着长大的孩子就不一样

送去学几年医又回来了

左手接大小便样去化验

右手来不及放下正在吃饭的碗

洗一洗照样吃得喷香

小病小疼随喊随到

大病大疼陪你进城去闯

忘不了我高烧不退你流泪的模样

小学里你在讲防病知识

苦楝树下你在给乡亲们分发自熬的中草药

天不亮就进山采药了

分不清草叶上的露珠和汗

就像现在用中药防流行的新冠

只是没法这么正式

赤脚医生

一个新鲜的名字

村民们只叫医生

一个中西结合的典范

随着电影《春苗》的谢幕

一个时代终结

续写山乡巨变新篇（组诗）

烂泥湖的荣光

——访当年湖南重点治水项目烂泥湖工程纪念馆

（一）

我站在青黄不接的童年

学着大人从逃难的哭喊声中

知道哪里发了大水哪里闹了旱荒

从举着红旗成群结队的队伍里

找到热闹的兴修水利之地

年代的烙印刻入骨髓

（二）

烂泥湾，一个闻之掉泪的小地名

改名来仪湖也丝毫改不掉历史的哀伤与赞叹

"难民潮"中我曾听到过这里的乡音

胡林翼在此生长并训练湘军水师

二十世纪七十年代这里出了"泥军"

四十万人像军人一样集结挑淤泥

场面浩大不亚于攻克天京

只是将船、桨、弓箭换成铲、篾箕、板车、扁担

一盏马灯，一辆板车

如今静立在崭新的陈列馆

历史的灯光

曾照亮冰冷的夜和烂泥

板车，在淤泥堆里挣扎前行

推起岁月的荣光和崇高

托起收拾旧山河的激情

搬走祖祖辈辈讨米的屈辱

筑成干堤、子堤近百公里的长河

拧紧裤腰带创造出了人间治水奇迹

（三）

时光收起兵马变成兵马俑

烂泥湖变成了国家湿地公园

在河清岸绿的远处是水天一色

鱼鸟自由栖息的天堂

新山乡巨变的风景画

我看到飞过的行行白鹭

仿佛又回到家乡遇见仙逝的父亲

当年已经白发的他修水库回家取粮

在地坪蹲着，端起大饭碗吃饭

近看像个难民

远看像只单瘦的鹭鸶

访周立波故居

最显眼的是很平常的旧屋里有尊雕像

雕像最打动我的是大眼镜和厚嘴唇

应该是当乡村教师的父亲遗传

一出生乡村便刻在他的躯体

水稻、桑麻、茶种在他的血脉

乡里乡亲都长在他的脑海胸中

厚厚的嘴唇

咽下粗茶淡饭

吐出实话与韩杜诗篇

从《暴风骤雨》到《山乡巨变》

一个个鲜活的人物都从地里拱出

千秋文章的田地

一生都在播种、挖红薯、收大豆和高粱

他用文学深度的大眼镜

看清了这个世界

文人的铁骨，敲响铁锄铁锹

清溪村早已种在他的体内

即便死了也要化成农肥

用自己的名字浇灌

带动一方旅游和致富

始终不忘土地的人

土地不会忘记

土地上的人们不会忘记

后人和史册都记得

有一个响亮的名字叫周立波

云端里的花海

产云的地方产好茶有好花

在中国黑茶之乡

在茶马古道和梅山文化的起点

在神仙居住的地方

安化，崛起一座花仙子庄园

——茶乡花海

茶是祖宗传茶，是花之蕊

半空中吊着绿、黄、紫三色茶园

像大客厅里吊一盏大华灯

云台山大叶种是个多情种

娶上了漂亮的洋媳妇

生出一串花花世界

槠叶齐、黄金芽、紫娟

呈阶梯式疯长

儿孙满堂，一下冒出两千亩茶园

还围着一群四季五颜六色的花仙子

护花使者是刚刚脱贫、土生土长的山民

用热情和四季春灌醉了买茶看花的游客

美丽的故事或许就发生在阳光草坡

好花要有好水浇

高山流水涌进滴灌喷灌

一张节水网串起田野山岗

大旱干不死鲜花和爱美之心

山中的音乐喷泉响起

一千八百米的玻璃漂流启闸

山沟沟里飘出一条玉带和彩虹

荒山野岭绽放出巨大的万花筒

山区的花儿开了（组诗）

层林尽染的排牙山

初春，去看梨花桃花樱花
春到夏，去看嫩绿深绿的变迁
秋天，去看秋之斑斓多姿，去摘金秋梨
冬天，去看落叶缤纷的美景，去领略雪飘
排牙山，一座四季分明色彩斑斓的山

这里有群山也有古老的土著民
有侗家苗寨也有古老的民歌
这里走过红军办过林场盛产过知青
从大办农业到包产到户脱贫攻坚乡村振兴
每个时代的足迹都在这里刻下
一部乡村变迁史的浓缩
排牙山，一座有故事有情怀的山

进山，我最爱成片成片的参天水杉
那是遥远的知青栽下的青春和理想
出山，我总要回望迤逦的山群
那是露出排牙大笑的不老山神

云顶上的梨花

油菜花金黄的田野之上

是如黛的连绵青山

在青山之巅

是羊群一样的梨花和白云

近看，一树一树白花

远看，一堆一堆的雪

再远看，一片一片的羊群和云朵

白云深谷，应有洁白的仙女簇居

梨花带雨

高洁之地更容易打湿情思

清明近了

万花丛中，上苍此刻怎会选择盛开梨花

排牙山的梨花排排开放

我在白云之端观海

我的思念在云顶放排①飞流直下

农庄，开成一朵山花

在田野花的尽处

在静静空山的绿基

青龙界，一座五星农庄

庄主是我的兄弟

姓如门前油菜花一样金黄

在县城开照相馆兼作画

脑袋里装满奇想

绿水青山的乡姑一诱惑

热血沸腾画出青砖黛瓦木楼侗寨

画出乡村振兴的理想之卷

十年磨剑

还熬过了疫情三年

山里人不乏山的坚韧

店子从美女如云到经营"夫妻肺片"

白天，画画的手将颜色花样雕花调入餐锅

夜晚，切菜的手把油盐酱醋茶与炊烟切入画中

桃红，全抹在妻子的脸上

一树梨花，留在自己头顶和飘逸的长发上

青龙界山庄

开在大湘西排牙山下的一朵山花

苗岭的春天

山花烂漫时是苗岭的春天

知名不知名的花都进入花季和仙境

桃花梨花杏花，花仙子群居

油菜花开在山巅就成了山花

多彩的画布飘荡在天际

给我一丝阳光，还你一片灿烂和浪漫

狗尾巴花到了山里也有春天

乡下人的品质在这里随处开花

炊烟袅袅才想起是云端人间

四处都在玩自拍自嗨

翩翩起舞的游客浑身仙气

欲与蝴蝶蜜蜂同醉同归

云海中的花园别具匠心

凡尘里踏春的人儿更具风骚

最美的春天留在烟花三月

最灿烂的花朵开在老板娘霞姑脸上

粟裕故乡的油菜花

堡子镇的名字非凡

望文生义立马想起城堡

"战神"故乡开花的姿态也不一样

万亩油菜花像成群的矛和战士

战地黄花分外香

不能不想起大柏地、黄桥

"五村联创""打歼灭战"都是军事术语

确实是用打仗的法子治理环境

白色的篱笆墙扎成一道道风景

田野上飘荡欢快的彩云

誉满文坛的小诗人跟蜜蜂一同飞舞

上坊村别联想上访

黄旗村可以联想黄金

胜溪村肯定今胜于昔

有意思的是女村支书被叫成"杨门女将"

伞寨的油菜花也开了

伞寨的油菜花也开了

开在野外

开遍十乡百里

巨伞只是装饰的风景

油菜花和乡亲们没那么娇嫩

醉倒在青石路上的春天醒了

盛邀困在龙溪的林徽因散心

诗人自有诗人的爱

写下了人间最美的感慨

于是，晃州现时最美的油菜花

开成了发黄微醉的陈年旧事

晃州三章（组诗）

新晃侗族自治县，在湘黔交界处，旧称晃州，据说曾是夜郎古国所在地。整体脱贫以后，这里努力发展旅游带动乡村振兴，古风依旧，旧貌新颜……

龙溪古镇

门泊两条河

潕水最大，源自黔

名副其实的母亲河

龙溪自产，短小精悍

小镇随父姓

就叫龙溪古镇

夜郎国的自信可见一斑

古镇倒像母亲与溪水一般纤纤细腻

镇子不大却很别致

青砖青瓦青石巷

点缀小巷白墙

河边井边的清水哗哗

流动着捣衣声和女子的笑声

最大的风情应该是古街古码头

湘西黔首门户

沅水三大古镇

盛产桐油、茶油和汞

印花布挂在吊脚楼

油纸伞撑在斜巷

哪里还传来几声牛叫

徜徉于南方古城墙

可见历史的烽火

可听苗语侗歌与南来北往的乡音

贺龙、任弼时曾率红军在此驻扎

吓退了蒋军、湘军、黔军、匪军

沈从文、梁思成、闻一多等名人教授在此流连

记录了民族被逼无奈的苦楚迁徙

夜郎古国的风姿依稀

谈笑间小小的夜郎谷竟连着个大中国

浴火重生的岂止是夜郎古都

冬天的夜幕下，我进入龙溪客栈

古镇随处飘荡着人间烟火

四处洋溢着温暖

要是林徽因姐姐此时与我同行

说不定会改写最美人间四月天

弄子

这里，比巷子小的叫弄子
根据用途和习俗命名
竹弄、油弄、盐弄、鸡弄
不成比例的是宽大的青石铺路
路的尽头连着宽敞的古街

冬日的街边
偶有祖传的柴火、烧火和烤火的人
炊烟袅袅
热闹的吆喝掺杂着茶油与水酒味
香了醉了整个小镇

弄子里故事悠长
卖板栗的小老板调进方言
我听出味道的是
沈从文曾给山里的土匪修书一封
过卡的书生竟毫发无损

伞寨

伞寨的标识是千层木楼

木楼一看就是一把巨伞

青瓦古木、无一铁钉

全用榫和心铆成

撑开千年

给千年古寨遮阳躲风避雨

还有千年古桥和长廊连着万家

有客，伞下设宴

有米酒和摆手舞相伴

有事，在伞下聚议

有古祠、族规和长老作证

姚吴杨三大姓在此结义

苗侗汉多民族在此安家

鸡犬相闻

和和美美

传统随寨前溪水长清长流

这里，是天下和村

这里，有天下名伞

从这里归来

心中便会撑起一把伞

三月里的故事

三月的细雨淅淅沥沥

三月的题词潇潇洒洒

一个人，一个来自湖南望城的平凡青年

一个真实的青春励志故事

一个时代的楷模

一本日记

风靡一个世纪

一段永不发黄的时代记忆

一个戴着厚军帽的标准头像

已嵌在国家和民族的心上

雷锋，一个响亮的名字

他离开后的每年三月

家乡最普通的油菜花

会开遍大江南北

开成中国最美的风景

从螺丝帽到螺丝钉

毛主席为您题词是三月

七月，我出生了

向您学习的儿歌应该是我最好的胎教

真诚地学习您是那个时代的符号

学校和家家户户不需上锁

老人与"五保户"的水有人挑送

处处传递着感动的和风

危难时刻总有温暖拥抱

又读书又劳动的童年现在回想都特别开心

当然，路边不会有遗落的螺丝帽

我只想捡到一分钱

也没法实现

母亲一年一分钱买两根针串起一家的补丁

切记补丁也是那个时代的荣耀

听您的话长大要当一颗螺丝钉

果真进厂工作四处都是螺帽螺钉

标准化生产和螺丝纹一样的生活

一道道工序磨掉了头发和青春

普通和平凡耗时正好一花甲

我们在《雷锋日记》里寻找勇气和诗意

把自己钉进了共和国大厦

永不生锈还待时间检验

时间也会检验出我们这代人生命的不悔

追忆袁隆平老师

不给您写段文献首诗

总是我最大的亏欠

可提笔又不知从何说起

多少年近距离的接触

多少年如父般的恩泽

当我挤不进您的灵堂献花时

就认定您不朽

您永远活在人们心里

凡是挨过饿的人

都知您的贡献

何况我家曾有人因饥而亡

认识您时您已是高山之巅

您却要我们叫您老师

您教我们知识

凡事有求必应

帮我带去的农民兄弟和乡镇企业家题词

种稻种葛种茶只要是种都说好

连带来的孩子

您也题词勉励

当看到我们写"一粒种子改变一个世界"

您的笑容竟有一丝羞涩

在田间地头

在您的办公室和家

总像是遇到乡里乡亲

您谈笑风生

不时学说我的家乡话

打趣自己的翻译我的同乡英文说得比中文好

离开时您总拍拍我的肩邀请合影

只是树一般的稻穗图下

您一年比一年苍老

您是当代神农

离去时，也选在播种插苗的小满时节

此刻，所有的种子都在发芽生长

苍茫大地从此因您丰盈饱满

涟河颂歌（组诗）

涟水河

随便捡一块瓦片打个水漂

不知会扯出哪位将帅巨人的祖屋神灵

源头观音山扔一颗小石

尽头湘江莲花和浪花会同时盛开

也许就是这一朵朵小花

会惊起湖湘之水一个鱼跃

搅动历史和未来的滔天巨浪

历史不能也不会假设

可怜这里一书生蒋琬

倾其所有无法扶起倾倒的阿斗

空留诸葛孔明的锦囊和故乡井字街的传说

同是书生的曾国藩年迈组建湘军

小船换大船顺水而下

屡败屡战扶着将倾的江山儒道

又大船换小船

运回官帽衣冢与诗书

留下百年争议与耕读天下的古训

一个来自永丰酱厂的学徒工蔡和森

背着几瓶辣酱拖母带妹远渡重洋

寻找真理并为真理献身

最神奇的莫过于一个叫毛润之的青年

十多岁才启蒙东山

纸伞长衫溯江而上

从这里起步调查国情拯救中国

将湘人知行合一思想发挥至极

用笔当枪文韬武略

白手起家建起强大新中国

世上有几条河如涟水

短短的河流狭小的流域

竟齐刷刷长满故事和我中华好儿郎

遥相呼应的天空尽是闪闪发光的星河

我曾在河边流金的古书院就读

潜入书库追寻先人的足迹

常常在有影和无影的河边徘徊

激情满怀似乎读懂了家乡

对涟河时有比洪峰来时更多更高的抱不平

尤其是每当广播里传来甜美的《浏阳河》

我浑身的疼和奔跑的念头使劲往外流淌

只想有朝一日为家乡正名为涟河写一曲颂歌

闯荡半生后回到河湾静钓静观静思

顿感一生未懂母亲和母亲河

河边的挖泥人认真告诉我

河底的泥越挖越肥

远处河神波光粼粼的眼睛分明在说

沉默是金

沉默之后更是金

韶山灌区

这里，盛产农民和骨气

战时，十室九空

好男儿为国上了疆场

平时，种田种菜育人

这样的土地上岂能缺水

千万担篾箕堆成洋潭大坝

断了千年黄金水路

十万条扁担架起韶山银河

圆了两岸历代吃不饱饭乡亲的美梦

什么时代才有这样的挑夫

分毫无酬还要自带被子干粮

荣耀连接的还是自豪

父亲曾带几十个民兵去了工地

竟说自己也像先辈一样带过兵

被湘雅退回等死的唯一要求是再去韶山

甩开我们一步一步爬向伟人铜像叩头

车上左顾右盼寻找旧地

月光下流出的泪水灌满干渠

水府庙

白墙青瓦，静立于水湾

门泊涟水，躺着的一张弓

屋后青山，竖起的一张弓

湖湘子弟就是时刻准备应征的箭

平常在如黛的山水间飞过的

是蓝天白云飞鸟

是千年分不清的香火和炊烟

山是一脉一脉矮矮的青山

水是一湾一湾浅浅的碧水

山水之间是一冲一冲的田垄人家

藏着虎与龙和溪口石砚

好像专为印证有仙则名的名言

上有荷叶塘

下有韶山冲

前出三国蜀相

后随将帅星罗棋布

庙前不敢垂钓的

全是一串串誉满中华的历史

伟人的一颦一笑成就江山也成就故乡

湘中人敢闯天下更敢建设家园

一条条扁担一担担箩筐

蛮劲担成了一个湖

以水府庙您的吉祥号命名

刻在电站大坝

挂在生态湿地公园

开闸时您开心一笑

整个湘中便是一条发光发热的星河

潭宝路

儿时看到高大成行的树便找到了你

不是笔直的白杨就是婆娑的苦楝

那时风景跟汽车一样是奢侈品

我家离马路还有半天路程

大人们说路旁树都不吉利

白杨树里藏白蚁

苦楝树根也苦

我却喜欢白杨树上的喜鹊窝和开满紫花的苦楝

夏天马路上能看到干草和用席晒的稻谷

记得有次大伏天经过

第一次见到跟我一样乌黑冒汗的柏油路

我心疼新买的轮胎底草鞋

选择赤脚走过

柏油烫得我尖叫让我终生难忘

这段记忆便成了人生的催化剂

逼我去读书，走向山外的世界

后来我知道你叫潭宝路

旧中国湘湘最帅最长的公路

宝庆湘潭长沙都是大城市

路边的青树坪之战写进了军史

雪染两鬓回乡就是寻梦
你美如天边的彩虹
笔直宽阔切割了弯弯曲曲
叫不出名的树换了一拨又一拨
可我的心已埋在喜鹊窝下
记忆里结满串串苦楝子

怀念故乡

春天的脚步（组诗）

期盼这个春天

没有哪个春天

让人如此期盼

立春恰逢普降甘露

去年夏秋盼起的雨随春而降

虽是天街小雨

总算连绵成湿润的仙境

田地、草木顿时泪流满面

龟裂多时的小溪激动着怀抱叮咚

活了池塘和鸭子

一个猛子叼起小鱼与青波

最开心的是喜鹊

衔着点点的花枝和春天

给久愁的大地和人间喳喳道喜

春天终于来了

难熬的冬天终已过去

远山寺庙的钟声响了

让人气喘吁吁三年的病毒和磨难该当消逝

向前，万紫千红的画景在等待

丹凤眼

立春，家乡江南小雨连绵

久旱的树枝喜极而泣

断弦了的小溪续奏着情歌

清波静涨春池

小兔在草丛里小心观望

夜来了，自然看不清初春脸上的红晕

但可以触摸山村四起的薄霭云雾

情到深处，连绵的群山

便张开诱人的大眼

一盏盏路灯醒了

眨巴眨巴的

一束束光柱

便是一根根长长的睫毛

像恋爱中少女的眼神

山村的夜色更加醉意朦胧

一个花甲游子，深陷其中

独自游走于乡间小道

好像立马遇见

知青时代那双明亮勾魂的丹凤眼

雪地里的桃枝

早前一夜之间，雪

装扮家乡大地

光秃秃的树枝格外单薄

比如常伴我练功的桃树

这雪白的世界我有心端详

桃枝恰如迈向青春期的少女

皮肤泛起红晕点点

眼前立马晃动十里桃花朵朵

水的记忆（组诗）

我的春天

曾经

拿石子砸破门前水塘里的冰

用稚嫩的手触摸你的体温

喜欢的柳树什么时候发芽

讨厌的补丁厚衣什么时候脱下

自折的纸船什么时候可以放漂

塘边老祖母的惊吓治好了我的冻疮

父亲说我是小鸭子的笑容成了心河里的雕像

曾经

在放学路上的一株灯芯草上发现了你

飞奔回家牵出比我还饿还瘦的牛

在蓝天白云里放歌

青涩的山哺育青涩的少年

老师夸我找到你草色遥看近却无的境界

一句话流淌在一辈子想当诗人的长梦

曾经

游走在一个个由陌生变熟悉的异乡

分明闻到了你芬芳的体香

我却一次次擦身而过

不是无心接受

而是无心欣赏

目光被太多的纠结牵绊

总想以后还有以后可以拥抱

如今

我白发彳亍于故乡

同是这样的季节，季节却短

气候暖了可没了冰雪

祖母带着她的儿子已远去西边

剩下那片熟悉的云

我用年轮叠加盼你归来

用一生的智慧算你的归期

不想知道你我还有多少次会晤

用尽一生追求你也读懂了你

白杨树上的喜鹊叫了

相信会给我一个惊喜

相信高高的树上会长出

不负此生不待来世的情节

只要有你

绿之春

嫩绿浅绿深绿

一个季节都是寻绿的路

花开在绿中还是绿的特殊表现

被漂亮的外表吸引，奔向更美的深处

玩由浅入深由此及彼的游戏

叶上的露珠有哲学的光芒

唐诗宋词亦然

所以古人都会《千家诗》

如今快餐连锁遍地

光顾绿店必用数码相机

快门快闪

一下就保存整个春天

哪天要找，记忆靠手机

乡居

不知是不是现在的人魁梧了

乡间的房屋都建得这么高大

而令我温馨的

是低矮的老屋和进出老屋的故事

和老屋的命运匹配

修锁补锅的手艺人已没了

清早勤劳的拾粪人绝迹

几千年的养鸡养猪都换了新法

在炊烟里寻找母亲的感觉也断了线

我们儿时做梦都想吃上香喷喷的米饭

到了儿孙辈成了笑话

他们喜欢的竟是我们吃厌的杂粮

这个世道真的变了

叹不知道怎么生活

启蒙的书似乎退给了老师

油灯下苦背的古训好像也如先人作古

当年怎么也绿不了的土地居然绿了

乡里的溪水也在重新泛清

下河又可以捞着鱼虾

这个世界真的在变

只是到了不服气不行的年纪

回得去的是记忆

回不去的是韶华

秋日登堤

不是湖区人

莫说是湖中湖汊辨不清方位

上了岸也跟这季节一样模糊

一条长长的路

哪知道是江堤

两旁都是高高的杨树

远处是芦苇荡

再远处是水塘

竟有女子独钓

江湖好像是遥远的他乡

飞鸟好像听到来年的脚步声不肯停

只有那些巡堤的人

那些管水懂水的老把式

知道责任和方向

知道平静孕育咆哮

秋天结束了

冬天远吗

又要备汛了

滩地放养的牛也要上堤

等了一个季节的牛轭即将上肩

客居湖汊畔

平时溪网河汊

水涨一片汪洋

要识水性

才能找到出路

要涨大水

大船才能驶出

这船也是有季节的

船长最懂

我什么都不懂

什么也不是

只是闲游江河的一尾鱼

只是茫茫人海的一过客

闲着无事观湖观潮

只知水鸟高飞的地方

蓝天白云做伴

水鸟低飞的地方

有鱼虾成群

水鸟落脚的地方

一定是洲和花的世界

我想如果有先知，那应该是鸟

她盘旋久久不去的地方

也许多年后会长成一片乐土

芦苇荡

长相厮守莫过于你我

树不知我的守护

堤不知我的抵挡

鸟不知我的温馨

用我的柔软抵冲满江的水

用我的漂浮守护坚实的堤与树

苇无泪，花更无泪

秋风乍起的日子

可怜我芦花要和雏鸟一起学习飞舞

秋之美好刚过

就是絮飞苇枯

花飞漫天，一岁枯荣

不想问远方会不会有诗的等待

来年肯定会青青芦苇又满绿洲

山泉

不要送我柔情似水

儿时挑水的记忆不怎么美好

自懂水管水后就格外怕水

非要送就送一滴吧

这辈子对于我

滴水已是最大的恩

父亲教我要涌泉相报

可父亲没了

儿也只剩弯曲的躯干

已习惯低头的我

脊梁都快弓进脚下的土了

这辈子还不起了

一生苦寻却找不到泉从何来

曾想去西北大漠拜师学艺

找一个挖坎儿井的高手

挖穿这些年的爱恨情仇

再注入让枯死千年胡杨复活的神水

和上我纯洁和坚毅的泪

不怕不能让你的铁石心肠发芽

我要让它长满爱的绿和果

就算回报我的是一树苦涩

家乡的毛毛雨

毛毛雨长着薄绒

毛毛雨是有颜色的

比梨花还嫩的淡淡的白

抹亮眼前的草和树梢

欲望朦胧挂在睫毛和枝头

轻纱笼罩大地

远处是一湾又一湾的水田

水田有白鹭，或立或低飞盘旋

还有晃动的蓑衣斗笠

最远处，如黛青山葱茏缥缈

天地山水浑然一体

混沌之中欲仙欲醉

站于南方丘陵任意一处

心和野花一起绽放

静心倾听

有布谷鸟和牛的召唤

还有远山寺庙的钟声

久违了的故乡

久旱后的春雨

唤醒我的童年和对土地的爱

这种爱代代遗传

我的父亲站老在水田睡在远山

毛毛雨此刻就是清明的幡

毛毛雨轻轻地飘在江南

飘过季节，温柔地抚摸金黄的秋

雪落江南（组诗）

雪地里的风景

雪，落入江南

是挂在祠堂老宅屋檐下的冰凌

是铺在高高低低田埂上几尺深的棉絮

压坏了村前我们躲迷藏的小树林

压弯了我家的茅屋顶与靠挑担为生的父母

我从冰封的池塘拖回一担红薯和冻红薯般的手脚

幻想这雪若真是棉花多好

青石路听得到雪语

无巷无人

推开家门是柴火和比柴火更温暖的祖母笑容

毛皮纸糊不住松油灯迷人的光和烤红薯诱人的喷香

我在雪地里曾经迷路

那是高考那年的正月初三

最熟悉不过的求学路上

背着的一袋米和书没丢却丢了魂

默念祖传的咒语根本没用

快要结冰的眼泪居然洗清了道路

走进学校老师的惊讶和安慰温暖我此生

长大后一辈子都在雪地爬行

不是大自然就是命运中的雪山

雪染白了头发和眉毛

城里霓虹灯将雪染成非白非红的斑斓

我们坐在开着空调的房间

脱衣划拳夸张地赏雪

窗外依然是飞雪

可再也不是从前的雪花

尽管到了不需风花雪月的时候

可所有的风花雪月扑面而来

许多道理此刻明白还不算晚

因为还有未来还可以告诉未来

雪地里的月光

雪地里的月光

映照清凉的山溪

母亲带年幼的我洗着筐筐萝卜

不时传来母猪和猪仔饥饿的叫声

苍白的萝卜

苍白的河水

苍白的月亮

比不过我娘俩苍白的手和脸

雪地里的月光

点亮父亲和少年的我挑柴的方向

小脚套大脚

父亲挑一程又回来帮我一程

如蚂蚁搬家如蚂蚁般生存

弯弯的山路弯弯的扁担

压弯了我父子一生的腰

雪地里的月光

点亮过多少人的记忆

今夜同样下着雪

只是雪盖着父亲的坟母亲的头

母亲执意要我陪看月光

我说冷她说不冷

我说是一轮皓月她说月亮长了毛

我说邻居家有木鱼声她说是幻想

母亲抽身执意要点燃一根香

我猜袅袅的香烟不止是要献给月光

从雪地出发

雪，落入大地
厚与薄，喜与忧
终究是潺潺流水

雷，已经响过
大与小，长与短
相信总会有雨

月，挂在天边
圆与缺，东与西
道不尽的都是相思与风流

风，拂过尘世
暖与凉已不重要
你，只要生长在这片土地
草与木已不重要
活着，定会长出新绿

淡淡的乡愁（组诗）

古井边的豆腐店

一口古井

流出一条古溪

一对夫妻流浪到此

水和汗磨出豆腐与生计

传说女店主貌若天仙

咧开的笑容里露出一排豆腐白

白白嫩嫩的水豆腐

白白嫩嫩的好时光

白白嫩嫩的儿孙窝成一个村

声名鹊起随溪水远流

涨成欲望和寂寞

她的重孙女卷发进城，成了豆腐西施

城里一下流行霓虹灯般的五色豆腐和人流

老村如霜后的豆枝

村里的后生如散落一地的黄豆

神龛上老夫妻的画像

长着霉豆渣样的绿毛

老曾祖母的眼神好像亮而忧伤

如我奶奶的那双眼

在村口手搭眉头盼我放学归来

清峻亭

深秋，大树在久旱中面容憔悴

叶子如我的发过早飘落

还有牛羊和人的垃圾

过多的尘埃让崎岖石道变得模糊

山下有红袖章警示

山上有古庙吸引

清峻亭，脚踩衡阳双峰两县上千年

山下已水贵如油

亭里居然有接自山泉的水

印证了高山有好水的古话

这古道走过多少达官贵人与平民

西风吹过多少悲欢离合和愿望

岁月无痕

如今寺庙的钟声也静默

一切静谧

一切静好

都如秋风吹起的落叶

好大的亭子有一个守亭人

枯瘦如岭上的老树

同这个季节一样热情

无编制无合同无上级

几十年了全靠善举

家乡的小溪

来自山涧

自有山的翠绿和血性

清波不惊

不平则鸣

越是不平声响越大

奔向大河

自有河的形象与胸襟

广纳百川

一往无前

用峰的尖利撕裂一切阻碍

流程越远越是排山倒海

每次站在水边

我总觉有家乡小溪的身影

耳边总有家乡的声音

我的家乡，曾诞生过伟人和湘军

家乡的小溪怀抱天下

年年岁岁在静静地流淌

悬崖上的野花

不知哪里来

不知哪里去

一丝和煦的风吹过

一滴温暖的雨落下

一线机会也抓住

白色的绽放

紫色的绽放

五彩缤纷

无名无由

在天与地之间

变成天边的一片云

化作仙境的一段情

人道是心如磐石

我守护的就是磐石

用我的热情拥抱你的冷酷

用我的柔情感化你的坚硬

一生一世

千年的守护

不想什么是归途

不问收获的时光

不用天知

不用地知

不会有高山流水的知音

一任空山的鸟嘲讽

于是，你我站成了风景

站成了天长地久的等待

穷小子的婚礼

那是一个初春的日子
唯一的仪式感
只在地摊上给妻子买了件衣
外加一张结婚照片
老家来人没有路费
穷小子的婚礼穷得只有婚没有礼

庆幸毕业了就有一份工作
单位还分了一间小房
我自撰对联，陋室做梦梦亦甜
结婚了，就有了一个家
有了一种新的奔头
两双手，紧抱着人生最平淡的炊烟

银婚的颜色肯定是白
梨花李花洒满了我俩的头
桃花樱花是妻子脸上的红
油菜花的淡黄深黄都开在我俩的皱纹
好在我俩走在春天的路上
还有一路春风作陪

回乡偶成（组诗）

邓家湾

如一粒稻谷散落在湘中一角

怎么描绘也画不全也不重要

一颗小石丢入附近的涟河还有水花

谁人会关注水里还有一只小虾

可我不能不关心和爱啊

那是一个游子魂牵梦绕的家乡

如果水府庙前的山风散布一个秘密

邓家湾无一人姓邓

全是胡子胡孙的天下

应该会激起许多人的好奇心

特别是聚集社会学家深邃的目光

如果您去邓家湾探秘

一湾一湾的水田会告诉您

翠绿逶迤的山丘会告诉您

多情的清溪水会告诉您

石板路连着古宅后的湘军墓会告诉您

天井听雨

富厚堂门前有口水塘

栽种荷藕也许是点睛

自古这个地名就叫荷叶塘

奇迹的是这天井也是一口塘

我在瓢泼大雨中访旧

天上地上全堆满了水

乡人惊喜大好犁田季节

我等已是闲人

正好倚门听雨

有朗朗书声

有金戈铁马的呐喊声

有船过衡阳、岳阳、安庆、南京的桨声

我听到了湘军历史的涛声

再观富厚堂

依稀可见当年第一侯府的排场与精细

可以想象当年出入王府的显赫与繁华

而它的保存不靠后人全靠天意

现代的乡公所延伸了古庄与庄主及游人的美梦

辩证法好像能又不能解释

也许是我湘中人显与不显的智慧

不要论这里对近代中国的贡献

白面书生拿刀如同拿笔已够传奇

三不朽的神话谁人能及

家书家教家风穿透岂止千年

至今这里的影子随处可见

谁会扶风雨摇摆几近坍塌的大厦

家乡一书生带一群书生另一群几乎衣不蔽体的农民

就自背干粮追随上了战场

这群几乎目不识丁的乡亲

竟为儒道为国家而战

再读《中俄伊犁条约》

还是这群功成名就将要隐退的乡人

为收复疆土而战

好一群激情四射的先辈

涓水涟水运去多少壮汉

又运回多少烈士牌坊

儿时老人告诉我整村整村的人没了

南岳山祷告的人哭瞎了

就算活着，安抚和发洋财的几个银两

也变成了屋堂学堂祠堂

现在看来统统都是公物

我眼中的富厚堂更加亲切

年近花甲站在府前半亩荷塘边

自大的心迹如荷花悄然绽放

在那谈湘军色变的年代

我一个狂徒少年爱文正公的书胜过高考书

写诗鸣屈气哭劝导的父亲和老师

也许湘中人的倔脾气也会遗传

涟水经湘江过洞庭终归长江

回梅龙山

初来乍到可潇洒万字

最熟悉不过却无从下笔

像常撩妹的汉不知夸自己的妻

都说身边无风景

摇篮里长大后就忘摇篮

重回家乡梅龙山兴奋异常

砍柴挑土走亲戚仿佛昨天

当年常在山中走

从没爬过山顶看过风景

乡亲们将四处游玩当游手好闲教训

四处谋生的祖训在这里催生过湘军

四海奔波的足音只敲响远方

归去来兮

山路飞跑的少年已步履蹒跚

一脚踏三县的山顶风光绝好

夕阳下绿海中有古碑古刹

极目远眺可见祝融主峰

道士告诉属南岳七十二峰后山

汗颜靠读书离家竟不读乡志不懂家门

无解的是山中寻美食遇同学她妈

立马回看身后是否有穿小花袄的女孩

少年郎后跟着个美少女绝不是梦境

好在远嫁他乡的人幸福安康

老辈常说的有缘天注定

要老了才明白

青石板路

这年代，居然还留有一段青石板路

记忆马上回到儿时的江南

小时常见的路竟这么美不胜收

当年厌倦的弯曲填满了遐想和寂寞

小时常走的路竟如此舒适温暖

不得不在烈日下赤脚走过的往事如此甜蜜

像第一次抚摸新娘鲜嫩的皮肤

年近花甲的我

光脚跳荡在一块一块青石上

像只秃掉毛的火鸡

吓坏了不认识的乡亲

在这路上追打我的父亲呢

永远迷路在他挑过无数回青石的大山

在这石板上耍泥巴的伙伴呢

居然已有人钻进了路那头青石刻碑的土堆

六十一轮回

我只想抱着这青石板路的腰痛哭一场

我的如青石般黛青的头发呢

我的如青石般黛青的记忆呢

可苍天不再

岁月已老

青石依旧

故乡永在

乡村四月

四月是犁，犁开大自然绿的地毯
将家乡的山丘与水田分离

山之绿继续疯长
严实掩盖父亲和父亲知道的山中的秘密
比如他年少砍柴遇见虎，挑担碰到鬼
多嘴的杜鹃欲说还休

耕耘后满灌的田野泛白
在斜斜的细雨中涨起欲望的波光
一冲又一冲扭动少妇的水腰
乡村最美最动人的季节
表面纯洁的白鹭最经不起诱惑
三三两两或飞或停在田塍、牛背
还有喜鹊麻雀与和风相随

稻草人一根竹枝吓退群鸟
炊烟里的耕田人一双筷子放下
山丘田野一片寂静
好像五月和整个世界都在等待

季节

小苗，从破土第一天起
只想长大，拥抱天空
然后叶落归根隐于土地

在湘中，我们乡下人
从第一声啼哭就是为了离开
家不离开永远叫不了老家
读书打工都是为了奔跑
当老家真正老了
归来的游子也已老去

乡下人相信轮回
一如草木信奉季节

思念亲人

惊蛰断想（组诗）

（一）

雪也怀春

一下全扑向钟爱的江南

江南雪涨水涨

薄情的毛竹断了腰

冻死于荒野的

不止是草木

雷冻结了冻雨不断

冻僵的蛇装死

春心也假装冻死

都在等待一个叫惊蛰的人

（二）

你选择在龙抬头之后的第一天

春在来的路上倒春寒先到

正在脱衣添衣间纠结

小草捧出嫩黄

小鸭下河欢畅

激起龙头昂起

我们这代都懂的 3 月 5 日如期而至

温暖之河陡涨

悠悠见南山的是古人

我还是可以打开一扇让南风吹来的窗

（三）

油菜花开了，遍地金黄

乡村游门票不够买一张画纸

桃花故意矜持姗姗来迟

不忘给自己贴上名贵的标签

黄鹂和燕子更加

早就预报在赶春的路上

只有牛，曾跟我相依为命的伙伴

时刻准备牛轭上肩

犁田的胚子从娘肚里生成

鞭子是随身携带物

其实执鞭的人命没两样

都是在泥巴里谋生

相煎何急

迟到的雷想说句公道话

顶多也只是吼了几声

（四）

万能的惊蛰

你能呼天唤地

呼不回我头发的浓密和乌青

你能惊醒万物

唤不醒我长眠不起的父亲

好在二十四节气才到第三

我们还是走在春天的路上

三月的思念（组诗）

白色的清明

这季节

绿色的江南

白花开得格外耀眼

一朵一朵又一朵

一树一簇一面山

我猜是先贤路过

把绿色留给现世留给生者

将白色献给那个世界的先人

便设计了白色的清明

纸幡纸伞肯定是山中一朵朵白花

白布白衣穿越于青绿

纸钱香火冒的也是前世的炊烟

思念不需要记载

思念并不贵重

我虔诚地伏在父亲的坟前

父亲生前总告诫不要认死理

我一直记着一直想改

可怎么又忽然生出古怪的疑惑

干净的灵魂理当用纯白祭奠

不干净的灵魂怎么区分怎么也用纯白

在断墙残壁前

关上你的手机音乐吧

这是我姑奶奶上吊的地方

几十年前的长夜

一根草绳结束了她的向往和等待

因病因贫因遗腹子的伤心

依稀可见当年

她一程又一程送娘家人的情形

几岁的我问姑奶奶您为什么要哭

谁知道这就是生离死别

从此我读懂了《孔雀东南飞》与《长亭送别》

一生不愿这经历重演

五十年再没来过

竟一眼找到她的窝棚

抚摸仅存的一点点断墙残壁

温情顿现

多像当年她牵我的小手

那水塘边的小树丛

多像当年她为我摇风遮阳的蒲扇

只想静静地待一会儿

分明又听到她纺纱的机杼声

寻问寻问

摇头回应

拜谒胡家祠堂

今人衣食无忧四处访古

生长在古村落的我当年只祈盼离开

冬天从石头门缝里穿透瑟瑟发抖的童年

夏天青石板上晒着看牛的足迹和牛一样勤奋的少年

老屋改成的学校青砖搭成的课桌竟堆满了快乐

都夸我家乡的名人与故事多

哪知这里古迹曾多得多

越老就越迷恋故乡

只想亲吻家乡的山水与田土

心里空荡荡就会想起父亲

对着神龛上的他泪流满面

不理解一辈子为公的他晚年一个劲修路架桥复古

不理解病中的他还在为重修毁了的祠堂操劳

如今我就站在胡家桑林祠堂门前

想聆听父亲教诲和先辈交流

父亲和列祖列宗在里面静悄悄开会

面向有灵魂的大门永远敞开

清明进山（组诗）

清明流行色

灰白的天穹下

灰白的水田与山丘

灰白的花和纸伞

灰白的口罩

灰白的青烟

灰白的头晃动

今年，城市流行网祭

灰白，乡下清明流行色

包括祖宗的灵光和伤心

山中访古

这墓地是祖坟

据说苦了几代人

为了探寻

先找高人再集银两

为了守住

发生过武功和文案的传奇

不是六尺巷却演过《诫子弟》

这里对我熟悉而陌生
只认识父亲和他的母亲
墓碑重重叠叠过于沉重
我对祖宗的印象一片空白

虔诚地祭拜
人间有多少在膜拜空白与虚无
看来干净不干净的灵魂都想纯洁
白幡和伞做接头暗号
烟雾缭绕用于隐蔽和伪装
与灵魂交流
天气忽晴忽雨
说不清雨来自风来自气还是来自阳光

我背着手穿梭于祖宗间
脚越踩越软
越昂不起头颅
娘说我越来越像父亲
妻说我眼睛越来越柔软
再往深处走
找不到半点唐诗宋词中清明的意境
心里只是不断地空荡

我们是在族谱里相见的过客（组诗）

祖宗不老

过去总认为

祖宗很古老

祖宗很遥远

祖宗在神龛上

可我在江西见着了祖宗

在一片浩瀚的水边

在一次偶遇中

在共同的族谱里

报出年龄

比我还少

报出辈分

比我高出几辈

说出的历史典故

的确出自一辙

商业模式迅速撤换

祖宗立马笑成了一尊弥勒佛

半月湖边

在半月形的湖边
挂着几间木屋和几个酒瓶茶杯
当然还有心中的族谱
才论辈分的祖孙畅饮畅谈
月亮踩着夕阳的裙摆
一面之交
可似曾旧燕归来

在宜春，在江西老表的小楼
在春风沉醉的夜晚
我俩叩响秦朝姬老太爷的柴扉
自此，行过此地
总有些牵扯朝半掩的柴门张望

辈分与割韭菜

同一片阳光下
为什么树有高低
同一片土地上
为什么辈分这么差异

一种古老而简单的现象

难住多少博士硕士

自然要问及里面的学问

学哲学的活祖答题哲学

你可以去菜地寻找

割韭菜里有答案

眼光

在我看来

卷扬机就是收割机

收割城里的树与绿、山和水

高标准的建筑工房就是鸭棚鸭舍

鸭和放鸭人从这片河流赶往那片

从上村望着下村

永远只能捡几个鸭蛋

高楼一浪高过一浪

楼卜的大树生怕砸了头

总是偏东偏西

匆匆躲闪的还有车水马龙

我，一介草民

行走在危险丛生的闹市

从不知自己是什么模样

城里的月光

城里的鸡都养在月光里

我趁月光打扫鸡毛

打工者只有挂果一季

其实绝大多数人都是打工仔

点单点到手发抖

无意间碰到千里之外娘的点赞

垂着的脑袋一下打满鸡血

风会带来大地的消息

家里的电视是给营销商买的

广场的电视是给广场看的

瞄一眼手机欲知天下事

会跳出谣言、陷阱

有人诱导流量、盯你钱包、让你死机

要是真的累了

去寺庙无用

佛门也无清净

好在我们还有老家

老家可能没有蓑衣

但总可以找张雨布

然后去自家后山

找一棵树下躺着

仰望星空

风会带给你大地的消息

与生俱来的病

（一）

饭来，张口

衣来，伸手

母爱落下的病

（二）

见柴想捡，见草想割

见到能吃的就流口水

儿时落下的病

（三）

好男，千里之外

奔跑，直至倒下

进化落下的病

（四）

爹在云上飞

我在地上追

无法医治的病

郎中

最值钱的两样行当

祖传发黄的《本草纲目》和牛皮药箱

乡亲们喜欢的叫法也老得发黄

熟悉筋络如同熟悉乡间小路

望闻问切，日子长成的老茧

只是白褂换下了蓝布长袍

也尝过百草制过百药

也是祖传先给自己扎万遍的针灸

揣着要死自己死的倔

只给熟人看只有熟人请

经手的都是方便与便宜

包括爽朗的笑声

听说前段时间他很忙很郁闷

制药要有证，可拿证就要考外语

那可不是刘姥姥进大观园那么简单

听说女局长接访的笑容让他着迷

听说她还请了名牌大学毕业的西医来做裁判

这些都是他几个老太太粉丝的笑谈

母亲很想我小时候学个郎中当饭碗

叛逆江湖到现在才成正果

我，一个在诗歌里行走的郎中

月儿

挂在儿时的月，是饼

月饼、烧饼、锅巴黑饼

是父母一滴滴的爱和汗水揉成

挂在少年心头的月，是梦

赶山、赶丧、去山外赶考

是与生俱来的一口口吃奶的蛮劲揉成

当月挂在母亲银色的发梢父亲苍白的墓碑

月是故乡明，千年依旧

是一团团相思和陈年旧事揉成

散落天堂的爱（组诗）

祖父

苦荞麦也熬不过冬天

三年困难时期快到尽头

五十不到的您终究挺不过

最疼爱您的娘第二天紧跟

母子俩一起出殡成了家族永远的伤心

不久后，我出生了

打着飞脚也见不着您的背影

听说您曾像梁山伯伴有书童

几代单传，到您人丁兴旺

嗷嗷待哺的一大窝

拿得稳笔的手拿不稳牛鞭

留下一堆茶余饭后的笑料

包括躺在床上还在说饿死不为饥

读书后我眼睛总停在《孔乙己》上

小学时忆苦思甜的文章居然是写您

父亲敲打我的包从不曾在头上消失

我没见到您

可我踩到了您的脚印

喝过了您没用完的半瓶墨水

参加高考不经意成了村里唯一的幸运儿

回乡后又找到您遗落墙角的毛笔

恭敬地刻写您的墓碑

装碑时我好像看到有个身影

在有影与无影之中晃动

祖母

曾经的大家闺秀

从小教我《增广贤文》和家乡名人

延续了一堆香火

家族便成了旺门

中年丧夫，自此不再谈夫

交代后人决不葬夫旁

饭菜也煮不熟，生活一地鸡毛

一地鸡毛里准是朗朗笑声

一声不吭离开了这个世界

火塘边正抱着曾孙，围着一堆亲邻

外公

永丰，湘中一小镇

平凡如这里盛产的稻穗和辣酱

曾国藩和蔡和森都曾长住，可没什么诗文

我高中毕业后便成过客

今年归乡太急

连连几场大雪

让我第一次在乡间长住

必须进城了

第一次如此安逸逛名字洋气却记不住的商场

老婆的夸奖比店里商品多

小外孙的笑声挂满货架

但我总觉得少了缺了点什么

在数钱付款的一瞬间

结账员双手跳动

啊，这是我多年要找的那双手

那年，就在这个小城

当年叫作百货公司可没几样货

靠亲友资助，我在这小镇读完高中

本来准备去接手父亲的锄头"修地球"

却幸运考上了大学

只好怀抱仅有的青春和录取书发呆

一家人在茅屋愁喜交加

一双手

一双苍白而筋脉鼓起的手

一双当石匠雕龙刻凤却为我补草席的手

再一次雪中送炭

抓着我便走二十里山路

那是病中的外公哟

那个因参与挖死日本兵写入县志

却隐姓埋名亡命天涯的外公

给我买齐生活日用品

还非要买一身体面的运动衣

他从里裤和自制的袜子里摸呀摸

一张一张皱巴巴的钱

有元角分一堆

我默默地数着他的体温

一遍一遍地忘了时光

服务员讥笑我没文化

生活不易和温暖刻骨铭心

当年他就是我现在的年纪啊

我回报了他什么

他给自己凿下墓碑

告诉我我工作过的地方就是他逃亡的线路

印象最深的是安江柚子特别甜还可充饥

我走遍了湘黔都买不到那种口感

如今就是有了也无法送达

窗外，二月的雨淅淅沥沥

小外孙替我擦干眼角的雨

二月春风就算是剪刀

也无法剪断我对三月清明的思念

山坟

一不留神

父亲没了

一生平淡的爹

居然做事惊天

把自己砸进了坟里

砸得我心里

也肿起一个坟包

永不消失

唠叨一生的父亲

竟不留一言

选择在年后

选择在深夜

选择在举世大疫

哪嫌您话多

这辈子只剩内疚

您留给我

跋涉而归的儿

一滴泪

挂在熟悉而陌生的眼角

一生爱闹的父亲

送您西行

没法如您所愿

我们找不到鹤

麻布店的门也关了

吹喇叭的是您弟

做道场的是您侄

哭干了的是您的妻

身为长子的儿

藏起悲伤致谢

只是清明的雨提前了

持幡扶枢过的地方

每扇堂门都打开

总有人远远地作揖

跪烂我一双护膝

眼瞧着没了父亲

眼瞧着新坟草长换衣……

干娘

只知道您是童养媳

村里人叫您就在干爷名后加个娘

当了一辈子的尾巴

沾在耍泥巴坨坨老公衣上的一坨泥

分地主屋，分得的小屋什么都不多

唯有吃饭的嘴巴多

吮干了娘的乳和血

都说是好八字

便成了日夜啼哭的我的干娘

说话像蚊子掐了脑袋

从不说他人长短

走路生怕踩死蚂蚁

画地为牢，灶台和屋前屋后的地

也不知您确切的年纪和生日

我一认识您您就像个粽子

终日对襟土布衣包裹

终日戴着个土布帕

终日额头上贴着膏药

都和您的头发一样乌青乌黑

您总说干儿也是儿

有了干娘我就多了份爱

哪怕是个好吃的红薯也会留半截

有了干娘我就不哭，出奇地顺

少年参加高考便如您说的"考中秀才"

您走了，门前池塘的死水

激不起半点涟漪

唯一留给熟人的是您的笑容

笑容传女不传男

从此我见不得几个姐姐咧开的嘴和牙

昨夜我又梦见了您

轻轻摸摸走在我身后

依然是虾米似的驼背

依然是皱纹里挂满笑星

天堂里的亲人（组诗）

思父

您去了，以往所有的好陡涨

涨成了记忆里的河

诗文里的泪

儿余生的一缕温暖

继续撑家敬母的源泉

从此，我记住了您的生日和忌日

从此，我忘了父亲节还是个节日

2022 年 6 月，您去后的第三个父亲节

我和柚子都会流泪

幼年，祖居的茅屋前

好大一棵柚子树

夏天，扮禾插田回的父亲

趁夜色在树下冲凉

偶有人来

便大声嚷嚷：我在洗澡

斗转星移

老宅换成了新民宿

那柚子树也不见了

多年了，我怕见柚子树

每当夜深人静

我和柚子都会流泪

泪祭舅舅

莫非您有预感

前天，您特看望我的母亲您的姐姐

夸姐的厨艺好

叮咛比汤里的豌豆多

昨天早晨，您什么没吃

背着自种的油菜籽去了榨油坊

香喷喷的油补不进您的油灯却燃了青灯

一下倒地，您没半声叹息

从此消失在人间的拐弯处

白天，您是一把锄头

插在田里地里任风吹日晒

夜里，您是一只夜莺用心歌唱

用乡下人才懂的山歌夜歌

帮人快乐替人忧愁

唢呐呜咽，一不小心

将自己的相片吹上了神龛

您是外公的独子

男人的苦楚我或许相知

百家恩泽我成长的日子

当工人的外祖便是我最大的依靠

可叹爱慕虚荣当年年少

拿"钟山"要换您唯一自豪的"上海"手表

您二话不说摘表的情景仿佛如昨

一生有太多的情义欠付

总是不愿写又不得不写悼念的诗

没想到突然多了您的这篇

天堂多了一个好人就在今早

悲秋

刚刚入秋

叔成了第一片落叶

随他的兄长我的父亲去了

静悄悄飘落

我听见了山中古寺的钟声

看见了后山无顶的深蓝和高远

我站成了山尖的一株树

为父亲写墓志铭

今日立秋，快到中元节

我因事乘高铁西行千里

母亲打电话催问父亲的墓志铭

我只好在车上用手机改写

满载的车厢一下如无人的世界

整个身躯一如子弹头飞车

穿梭在时光隧道和父亲的心波

心汁压榨成二百碑文

深夜女儿发给我一条短信

用年轻人特有的方式提前祝福八八节快乐

母亲印象（组诗）

（一）

风湿病也遗传

下雨天一疼我便想起了您

大地当床

那是生活所逼

毫无诗意

一张床、一床被

我选择三伏天出生也许是为了节约

娘和我打地铺

根根稻草能扯出我青涩的童年

您飞快挥舞着镰刀、铡刀、菜刀

和着汗水和泪将生活切出花来

只是命运的刀把总在别人手里

白天七分足工

一天也没敢落下

夜里不用灯剁猪草、牛草

一餐也没有省着

粗糙的手会弹琴

儿女的补巴像细作的田地

半夜的月光也不放过

要去十里上冲煤窑挑脚炭

天不亮要送到十里下冲码头兑成一升蚕米

炭上的石灰印稳住了信任和一家人的生机

一次我掉进屋前池塘

靠扯着根树枝续命

您丢下挑担

丢魂般飞奔

如离弦的箭

大喊一声我的崽

印象切骨入髓

箭头一直留在我生命的靶心

（二）

狗尾巴花也有春天

从没出过远门的娘居然爱唱戏

她总是一路奔波一路欢歌

读小学的我

放学揣着饥饿飞奔回家

地坪里吹唱弹琴的热闹赛过学校

屋里灶上的铁锅只有水在翻滚

我打断娘的雅兴告诉她米桶空空

她拍一下脑袋说是忘了借米

（三）

七九年二月初十还在下雪

寒风穿透县城一中的墙

冻僵我的相思

我红着脸穿着娘唯一的列宁装棉衣

十五岁的男孩像株含羞草

偷偷想娘和穷山沟里的家

这天，是娘四十岁生日

下午同学的叫唤吓了我一跳

娘像个乞丐出现在我的宿舍

浑身沾满泥水，满脸歉意

手里却捧着大半缸白花花的五花肉

印着毛主席语录的瓷缸摔破了一层皮

生活的抽打

连小物件都不曾放过

娘说亲戚们来了

称了点肉

送来渡河时不小心摔倒

娘说在河里洗干净了

尽可以吃

娘说话像打机关枪

忘了抹自己身上的泥

却不忘洗了我盆里的衣

娘逼我当面吃几块就匆匆离去

二十里回程，家里还有客

我此生再没吃过这么好的肉

（四）

娘会绣花不会秀恩爱

甚至有时和父亲铁板钉钉还会擦出火花

可当看到娘抱着我没气息的父亲号啕猛摇

我懂得了什么叫爱和生活

父亲居然被摇醒

又活了三年

今年中秋我们兄弟下决心修好父亲的墓

八十多的母亲忙前忙后脚底带风

落成之前戴着老花镜逐字逐句细看碑文

仿佛那一笔一画的字

一丝一毫都连着天堂

有些爱

有些爱，是陈年旧醋

有些爱，是深藏老酒

有些爱，卡在脖子，无以诉说

有些爱，捂在胸口，流在血液，不死不休

有些爱，是墙上的草

潭渊的水

有些爱，是雪山上的崖

地心里的岩浆

有些爱，是神龛上排排的微笑

永世隔绝的思念

山水游记

在江汉大地（组诗）

站在丹江口大坝

长桥卧波已不是传奇

大坝下的沧浪之水都也只剩好奇

传颂千年的武当与张三丰令人有些着迷

汉水和丹江也只是太极剑

传奇的是几公里长的大坝

雄伟和巨大闻名遐迩

更传奇的是一坝锁两江

开凿上千公里的运河进了皇城

沿线近亿人喝上了甘泉

南水北调绝对是当代奇迹

气场气概足以震撼全球

像当年成就刘备的天下

一座超大型水库

江汉几代人的梦想

堆积了几代人的汗水

还有上百万移民告别故土的泪

我是一个慕名而来的湘人

一个不拜武当要拜大坝的"香客"

观烟波浩渺的丹江湖

我愿是漫江碧透里的一尾丹江鱼

看陶岔渠首

以前不知道哪里是陶岔

范蠡西施很出名可淅川不那么有名

也许是天意

当一条人工河挖成

天下第一渠首出世

汉水在此转身挥一挥手

见证一个奇迹出现

清清南方水在此分岔

千里奔跑一路向北

沿河的五谷丰登

千里之外的首都丰盈

万里无垠的北方丰润

神州大地涨起春潮

喝一口清甜的运河水

西施应会更加好看迷人

西施的美貌只给君王

比西施更美的库区人

把心奉献给了亿万民众与子孙

观湍河渡槽

在中原大地，一铲下去

扬起的尘埃便是智慧和文明

湍河，流荡在盛名圣地

变成了一条无名河

类同繁星般的水利工程与人

一个普通的渡槽长在湍河

长成南水北调的立交

时光和时代走上了高速

新的运河开启新的黄金水道

湍河由此走向了北京天下扬名

夜登襄阳古城

我看过许多的古墙

第一次登上襄阳古城

我游过不少的楼阁

第一次夜游汉江

两岸江色如昼如火

点燃扑面的秋凉

透过小北门码头的霓虹灯

仿佛看到历史的狼烟

为了守住民族的安宁和延续

从南到北、从古至今

我中华儿女一直在砌着城墙

用石头、导弹、心和血

先人的遗训不只是刻在碑上

只要有人胆敢翻进我们的内墙

城楼上就会有千万旌旗飘荡

亿万久磨的利箭听令齐发

不管是台海还是北疆

左公故里怀古（组诗）

访左宗棠故居

在湘中丘陵，鹅形山下

柳庄已很宽广辽阔

比柳庄更宽广的

是旁边八百里洞庭

比洞庭更宽广的

是天边的新疆

比新疆更宽广的

是左宗棠的眼界和胸襟

一条小溪从这里流出

汇进湘军的洪流

然后杯水车薪滋润西部龟裂的大地

在荒凉连着荒凉的戈壁沙漠

左公柳，是母亲、妻子、湘女倾盼的身影

爱的绿茵洒满漫漫西行道路

还有寒风、残阳、白骨相伴

天山南北的牛羊多

哪有守疆卫国的湖湘儿郎多

抬棺作战，将湘人的蛮和国人的勇献给苍天后土

今亮，当今诸葛亮

好大的口气

一股血性一代名将，退敌千里

唐朝点燃的法华寺法灯依然明亮

听说售票的老屋

是教书匠离乡时的原状

左公显赫后未置一物

如今的恢宏是后人的炒作

一个封疆大吏背后连着的辛酸几人能知

文化的种子埋下去就会发芽

今亮，绝不只是自封

历史，从不只是神龛上的画像

过辣椒小镇

樟树镇有樟树

可辣椒比樟树出名

有左公一样大气的品牌 —— 一代天椒

总觉得有点幽默

左公中年还在家种稻种椒

有饭吃的和平年代

南方人自然会种辣椒

可聪明人能从种椒里悟道

当家国有难的时候

火辣辣的脾气就直冲云霄

游渔窑小镇

仿古小镇

有鱼无窑

也叫洋沙湖

沙在水里有湖无洋

岳瓷和湘阴窑曾经盛名

与潇湘八景的远浦归帆都已久远

疫情打碎了臆想的繁荣

小巷无人的时光最宜怀古

可以想象古山古水古风古人

这世界再怎么发达

古月它无法照抚今人

今人也无法回到以往

我是个孤独的游客

在苍白的月夜游荡

借语苍天和清凉的秋风

难想千秋万代后的景象

只求近处的法华寺

商业街关闭的门缝

久旱的土地和心

早该有一场通透的秋雨

再致北方

初识你

在大人无头无绪的言语里

在教科书无头无尾的片段中

在我情窦初开的花季时

我吟着一个伟大诗人的《北方》

我的灵魂在他的手推车上跌落

我的心长埋于北方的黑土

尽管岁月将手推车淘汰

高铁挽起一座座城市快进快出

但我依然感觉到北方的无垠

大片大片的土地

大片大片的城市

铺天盖地的大豆高粱

喘不过气的高天流云

即使是冬天

更多的白雪和森林

向我滚来朝我滚去

将我的灵魂碾来碾去

我在这广阔面前已赤裸无余

于是我潜入北方的厚土

从黄河故道的深处寻找你的前世今生

从白杨的根末寻找你的灵气

从深埋的编钟中倾听历史的回声

地底下流淌的全是历史

地面奔腾的尽是不屈不挠的民族风骨

北方总以她的唯一

吸聚民族的目光

只要有北方

广袤就在

伟岸就在

中华儿郎的雄心就在

文明和民族的精神就在

北方，永远的北方

行走云南（组诗）

一个人的丽江

冬日里的丽江

人烟稀少，石街更觉冰凉

白天，阳光晒不干街面明摆的商愁与乡愁

夜晚，细雨洗不尽酒吧摇曳的泪与忧伤

失意的人寻找失意的邂逅也难

一辈子拜访过多少名胜

都是从陌生的门缝里探温暖

没被破坏的成了古镇

没被认知的成了景点

丽江，我曾来过

千年的面孔见一回不够

千里的奔波走一路不累

其实在热闹时寻找的也是寂寞

此刻倒享受难得的清净

四方街里依稀看到做生意的祖父

大石桥上仿佛玉立着青春少女的祖母

大水车边独看《一滴水经过丽江》

经过的岂止是一滴水

多少经过都因一颗想逃脱红尘的心

不去想疫情什么时候结束

不用冬天过后定是春的事实来安慰

在身与心的世界行走

最终都是一个人的旅途

丽江，在我眼里

无论多么热闹和冷清

都是一个人的世界

车停读书铺

彩云之南

铺满春天

生长花的土地

花一样的名字

读书铺

我一眼记住了你

谁会在意你

平凡得不能再平凡

狗尾巴花傍上昆明花城

我想起儿时茅屋悬挂着书香门第的故乡

耕读天下的古训曾让天下感动

在走读的几十里山路上

我丢失了一只草鞋

躁动的现实让学堂和庙堂难以清静

精装的书房只是摆设

读书铺

令人羡慕和警醒的地方

滇池旁边

一个人晨跑于滇池

一时美景一时兴

想起了平时腻了的江南

想起了留在江南好像腻了的你

两只鸟分开便成孤单

而此刻江南正是冰冷的冬日

昆明湖醒得晚，但还是醒了

远看有在家罕见的红梅绽放

近看却是桃花一树一街

失望至极便是希望

你与梅花在江南傲霜斗雪为的是迎春

在这里，我送你整个春天

观玉龙雪山

静

寂静

喜欢的就是这景和静

寥寥数人数语

轻声再轻声

不要惊动雪山

掉下一片雪

那是不得了的事

何况我们是怕掉下一片叶的人

到这里只能低头行走

伸腰会给天空顶一个眼

怕跑了这尊神

那就做一只鸟展翅高飞吧

就当这里有鸟

可以放飞心情

又怕压坏身下一片翠绿

在这玉龙神宫

山不是山

雪不是雪

水不是水

颜色不是原来的颜色

你也不是刚刚来过的你

甘海子

这里属于蓝的领地

海子是一块翡翠

镶嵌在古松绿海

天空蓝得出奇

最要命的是这片宁静

海上无涛

松林无风

天地之间居然无鸟

一根一根松针落地有声

一遍一遍扎疼我的心

寂寞可以听懂

听懂了特别扎心

初识东江湖（组诗）

初见东江湖

爱死了这一湾翡翠

还有一湾冰清玉洁

远处有如黛的青山

玉蓝布挂在天边

苏仙着玉衣飘飘而过

玉色葱茏

无愧于有色金属之乡

在玉砌的百宝箱里

掠过白色的游艇、墙、花和鸟

白船上还有一排排红衣晃动

吹来人间烟火

搅动东江一片宁静

一生会见过多少山水

一方山水都有一方韵味

一方山水都育有一方人脉与文脉

东江拱坝

背靠青山

面朝湘江

稳坐石椅

夹住耒水

拱起三湘第一坝

高峡出平湖

坝上丰盈，涨成千岛万帆的鱼米之乡

坝下灯明，调节生活和湘水安澜

青山峡谷依然可寻当年之烽烟

可见前人之勇气和水利人的智慧

如果细心

还可见万绿丛中的一角

一座军营紧靠着大坝

凡国之大者

总会有军营军人的身影

和平的时代

不能只听绵绵的歌声

每一处军营都是一座大坝

烟雨东江

从百多米大坝跳下

发光发热了一回

也几乎是死过一回

东江水全身冰冷

在调节水库慢慢回暖

四周的热情等不及了

升起白帐篷

装扮成烟波浩渺的一道风景

放进渡船、蓑衣、诗和灯光秀

开着小车来的渔夫把网和商业撒下去了

鱼和游客都纷纷咬钩

织成一片热闹和繁华

我是一个孤独的行者

曾经如东江水般发过光热

此刻的冰冷让我更加清醒

我只想变成一尾水生水长的东江鱼

只想翻过大坝找回我的童年

掠过洞庭（组诗）

观洞庭

无法描绘你的烟波浩渺

无法数尽你的堤柳莺飞

我已过了学画的年纪

登楼怀古非雅即俗

韵味江湖非喜即悲

一湖的故事谁能听懂

一湖的好酒谁能醉醒

这辈子也做不成迁客骚人

只知人不醉心不碎怎会临这千里波涛

人们说此乃湖南之肚

是三湘之肾甚至三湘之伤

我是一个未见过世面的山民

越看越像我锦绣潇湘之头

极目远眺

更像一个孕育的婴儿

等我长江和神州母亲呼唤

城陵矶

早知你是湖南的水位线

汛期我时时关注的晴雨表

到身边才知什么是格局

喇叭口分明是我三湘的一张嘴

多情湘女和长江龙温柔的一个吻

洞庭春潮一波高一波

龙子龙孙比湖里鱼虾多

锦绣潇湘这么造就

无湘不成军是三湘男儿

提八百里洞庭当酒壶

八方来水当酒喝

醉卧沙场对着长江喊

哪里有祸就召唤我

水流之处都是三湘的芬芳

湖心观湖

我从山中来

怎么看这湖

都是一个碗一个钵

船到湖中

水天一色是圆的

茫茫水泊是圆的

偶遇灯塔是圆的

湖里的方向感也成圆了

今晚这月半的月应该是圆

我一群喝这湖水长大的朋友

难怪想事干事这么周全

湘中游记（组诗）

清水村

一定不能小瞧这湘中

群山环抱之间

一口清水井托起一个村

不要赞那抱井而建的特色民居了

村子的题字和传说更绝

居然自诩大同福地

就这么潇潇洒洒漫向世界

资水和来过的人都成了推销员

不禁想起埋在故乡大山的祖母

她父亲送她一个花一样的名字叫月清

善良勤劳与守寡

一生只有穷得叫清

好在有儿孙满堂

这里还叫长寿村

同行的摄影家见百岁老人就狂奔

紫鹊界

好一个名字

上等的大吉是紫色

想起皇宫的紫烟

想起紫气东来的古训

想起飞入寻常百姓家的紫燕

怎么又想起神医扁鹊

好一座名山

云雾缭绕

高山流水

人间仙境

在千年银杏王下沉思

与魏源陈天华等交流

了不得的是中国南方功夫

梅山神不经意擦身而过

这漫山的绿跟物价似的高涨

自古种地是种地人的苦

不种地的看到的是种田的风景

好在万亩梯田还有老农耕种

不知心灵世界要不要神医

大熊山

一弯又一弯

一山又一山

满眼的绿色一波又一波

飞鸟落脚的地方有路

有路的地方有民宿

满山随便刷流量

我在与她对视中发现她的温柔

如同她的皮毛般温暖

我拍着她厚实的肩

摸着她柔软的心窝

和她名贵的掌握手

在她宽阔的背上行走

我可不是光头强

我是一个快乐的行者

如果我的父亲还在

如果我能再回童年

我会请求也会取笑父亲

听话的时候也把我丢到大熊山

家在湘中

每次回乡都很痛苦

生于斯长于斯的我

却无法描述清于斯湘中

无法理解"大江东去无非湘水余波"的豪迈

无法回答这方水土为什么人才辈出

我的身高一如家乡门前的山包

不矮，但也不高

和乡亲们站在一起

便是连绵不绝的丘陵

我的血管一如家乡的阡陌

儿时如网的青石板路

一头是祖屋

一头是祠堂和依着祠堂的学校

蜘蛛一般的儿孙们

不一定知道寺庙里的神和神龛上的人

但一定熟知族规与古训

读书的种子祖先早已播就

我的性情一如家乡的土地

一分田地可养活一屋人

一寸恩可以拿命来偿还

从小脚的祖母到大脚的母亲

教儿断奶的绝招是苦瓜汁涂在乳头上

真男人就不要掉泪

掉泪了就要让泪淹死让你掉泪的人

看涟水流

涟水是湘江的一支

友人在大漠传给我可可西里的歌

我在这湘中可天不亮啊

只好穿梭于曾让无数伟人钟情的山水

静看看不厌的涟水流

鱼肚白的云尽跌水里

水里的鱼白翻得比天上的云多

我沉醉于家乡的清与白

偶尔遇上像我一样尽孝的人

晒得比昨夜还黑还在垂钓

古道热肠的热消失了

挪一挪小凳就算是点头

水边祖宗八代热闹的庙没了香火

远处好像又飘来了一阵呜咽

城里收拾得整齐的家常令人窒息

四处摆着凳椅农具的祖屋却令我欣慰

八十多岁老娘做的饭菜格外香甜

走南闯北半辈子

其实没走出这祖屋半步远

不爽的是夜晚的月

一根绣花针落地也惊起波澜

母亲的咳嗽唤起人间烟火

幸亏有娘有诗书做伴不再孤独

步湘西纪行

拜花瑶妈山

一块一块巨石

天外来物

鬼斧神工

如鲜花一朵一朵地

绽放

发间，母亲的玉饰

王母般静静地睡着

山涧，挂在睫毛的泪

干瘪的乳房

苦汁已流尽

迁徙的脚步停留

雪峰群山绿了厚了

沅江资水从此丰盈

我们这儿女，一辈子长不大

奔波半辈回来

仍骑在妈的肩上

嚷着闹腾

要听摇篮曲

诗一样的花瑶童谣

寂寞，妈最后无悔的选择

我不能选择心安理得

假如还有时间

只想搬那天石给妈铺路

再垫天上的云朵

来一个唐三藏经典式的赶山

带妈去看看山外的世界

累了困了

就将身心镶在妈的裙边

溆水寻梦

三人行是古人优雅的传说

我们仨结伴则是寻梦之旅

咫尺的溆水载着友谊之船

青涩年华有诗作桨

远方有家有沃土

满满的回忆盛在这枫香瑶寨

在冷热交替的天池里叫喊

人和心思全露在冬日的阳光

晚霞羞得绯红

记起曾经举着裤衩过江的三个裸体

叹年华似水

当年什么都缺不缺快乐

而今什么都有没了青春

六十花甲六杯酒

青春不在情谊在

何况我们无愧于心

无愧于我们的时光

一场游戏一场梦

今夜就让我们醉卧梦中山水中

酒与山鬼

不读诗书

哪知《山鬼》

山里有鬼

背阴有鬼

大人骗小孩的把戏

找鬼，小孩子的好奇

老人说见了鬼

撒尿可以吓鬼

脱裤倒背可以拖鬼

纯爷们的活

莫非鬼是女人

莫非女鬼也好色

斗鬼，闲聊不缺席的话题

在山背谈鬼论道

背有些发凉

把柴火烧旺点

来一桶米酒

猛喝三碗

满眼金花摇曳

山路

通天的道弯

接地的路曲

山里自有山里的套

爬上爬下的人

不清白的是腿

清白的是爬山人的心

健康的心就这样求

平原人见山里人

一个个地急

山里人掰着手指数

还有哪山比这山高

傩戏

一群人，一吆喝

唱起跳起

没有理由也要耍

无酒亦疯狂

奇装异服

奇葩异放

听不懂的唱

弄不懂的戏

看不清的人

明明白白的祈盼

得这样表达

装神弄鬼

尽在脸上

西方人好演蒙面舞

山里女人也爱面膜

穿岩山你穿得了岩

你能穿透人的心

至少女人的心就这么复杂

烟枪

长长的烟斗

长长的岁月

腾云驾雾

一张嫩脸熏成腊肉

吞吞吐吐

男人的心思黄狗知道

有烟枪作证

伴爷的全是寂寞

传承的尽是莫名其妙

深深地吸

狠狠地叩

婆娘们闻出了男人味

后辈们叩出孝顺来

于是

婆媳和睦

儿女成道

子孙满堂

记忆戛然而止

随着最后一缕青烟

父亲跟着父亲藏进烟枪筒

挂在墙上

变成了民俗

变成了藏品

变成后人暇余的记忆

怀旧砭时

雪落在南方的乡下（组诗）

2023 年的第一场雪

2023 年的第一场雪

比以往来得更晚更小

但树和草早就以绿的秋波望眼欲穿

鸟和人更是望穿秋水等待一年

大地上的兴奋足以抵消寒冷和忧伤

去年，从夏天开始的旱确实太久太久

去年，冬天流行的"阳"和恐惧太多太多

这龟裂的土地和心

太需要一场雪一场喜悦滋润

雪地里的童年

茅草、油菜、蔬菜覆盖着田地旱土

白雪覆盖着茅草、绿茵和年

成群的鸟潜伏在雪地里

早起寻年寻梦的乡人

惊起一片"鸟云"

玩雪的小孩唤起我的童年

那时，汗比绿更多

粮比鸟更少

在我们南方的乡下

一群面黄肌瘦的男孩

闭着眼找得到狗屎牛粪

眯着眼分得清乌鸦与喜鹊

接送幼儿的小黄车

深秋的清晨或傍晚

小黄车行走在乡间小路

悦耳的儿歌撕开一片金黄和回忆

我猛想起青石路、玩泥巴还有春天

小黄车时停时开

鸟瞰苍茫的大地

多像一粒滚动的金色稻种

时光（二首）

宴青春

我们都想随请帖去会会友谊

捡起散落在工厂的青涩

尽管那山里的万人大厂已长满茅草

台上的新娘那时还扎辫流涕

满目依稀

前几桌晃动的头或秃或白

皱纹深藏不露印记

乡音般的厂话一时也无法分辨

熟悉的陌生彼此都在寻觅

桌上和记忆都有一壶老酒

一打开就格外芳香

听不清台上的吉言

火锅已点起

越煮越熟的是印象

满堂的红灯照暖全程

煮时光

把米放进锅里

把菜放在米上

启动电饭煲和孤独的居家生活

把小凳放在阳台处

书放在膝盖上

接通颜如玉与冬日的阳光

时光与雅俗都蒸成了云雾

忧愁和无奈也可煮得喷香

慢慢咽下去周身就会温暖

初春，山中访友（组诗）

和春天来个酒后的约会

把春雨接到瓦罐

把野花插入酒瓶

把阳光搬进吧台

把诗种进大地与庭院

我和春天来个酒后约会

满屋的一切

包括我和诗，都醉入梦中

赏花

在江南，梅花点燃了春天

梨花、桃花和最平常的油菜花等加入

花之大火燃烧照亮整个季节

鲜花们都成了蜡烛和先知

春天，不分彼此泽及万物

穷者也可以拥有花的海洋

只要努力寻找

花之下都是收获，充满诗情画意

夜刚刚升起

墨汁沾湿了黄昏

书法家颤抖的手越描越黑

落日掉进了火塘

画家早已把春天和温暖搬进屋内

老友聚会

柴火点燃话题和笑语

火苗上跳荡着青春与快乐的五线谱

良宵，刚刚开始

我是一个昨天的诗者

忽然盯着炉火发呆

回忆是鼎锅里煮沸的腊肉

饱含泪水，愈煮愈香

门后，似有一个扎辫子的女孩

窗外，白雾正掀起淡淡的忧伤

柴院

朴素的名字

有柴火，好远闻着柴香

久违而熟悉的味道

周身顿时充满温馨

砍柴、挑柴、劈柴的少年近在咫尺

一把生锈的弯刀

和弯刀一样把自己弯进土里的父亲

回不去了，时光

身上的汗水早已干涸

倒是笑容长留

在柴院主人的脸上

鸡叫声里悟道（组诗）

雄鸡

鸡叫也是"传染病"
一只会传染全部
不叫都不行
大叫的肯定是公鸡
天未亮就叫，书生称之为雄鸡
我们乡下人就叫鸡公子
俗话也叫单身汉

公鸡的作用除了被吃、配种就是叫时
鸡毛的作用可以忽略不计
顶多做个掸子
从活鸡上拔几根毛做毽子
大人知道了不得了
就这么踢出了小男孩的快乐与成熟

进城，乡下人说是学乖
几十年打了一转才学乖一回

明白了公鸡还是个哲人

晓得转换交替

英年早逝可能是公鸡

流芳百世应该是母的

下蛋的母鸡

不记得去过哪个寺庙

老衲胸前抱着只大公鸡

原来觉得好笑

不知是谁惊动谁

一声鸡叫叫醒梦中人

我等凡人，只配是鸡毛

看鸡叫城新闻

人生好像特别较劲

想睡懒觉的年代睡不了

放心睡的时候睡不着

鸡可以惊动我

我可不敢惊动小孙孙

只好抱着手机看王憨山画的鸡

然后是关于鸡的遐想和诗

手机正巧蹦出鸡叫城的新闻

第一感觉就想去看个究竟

就像夏天看见河水一股脑扎进去

湖南一下子冒出个十大考古遗址

还是史前稻作文明典范

种稻吃稻一辈子

如何能不神往

好在新石器时代我懂一点点

什么干栏式我好像也能懂

读到"F63"①就吞了只苍蝇

前几年为了中医证必考外语气愤

刚入职时跟技术权威闹别扭

尽管他很喜欢我

可他跟大老粗讲话总爱飙英文

我立马要求换岗

世上岗和事能换

入血的秉性一生难移

① F63，位于湖南省常德市澧县的新石器时代遗址——鸡叫城
遗址建筑遗迹的标号。

种鸡

快乐的事在这里不快乐了

没完没了

一生为了配种

没用了就是盘中餐

许多人梦寐以求

我从小看到老的光棍

是茶余饭后的笑话

笑话恐怕千年也不老

昨夜入城市（组诗）

一个流浪在城里的乡下人

人造的花草

人造的盆景

人造的高楼大厦

人造的十里繁华

无论是行走还是驻足停留

我都是个访客

一个体面的流浪者

这里不允许乞讨

我来自南方的乡野

一只吃惯了竹根竹笋的竹鼠

一尾习惯了水田旱田的泥鳅

一条闻惯了汗臭和香火味的家犬

我的灵魂属于我的那片土地

前世今生注定是一个乡巴佬

莲花池

早知道四周会高楼林立

古人取名竟用了池

为了对得起先人

后人在岸上钵子里栽上莲

合适的温度和日子

水里岸上都会开满荷花

许多人会用高倍镜头捕捉高兴

听说一个镜头可抵乡下的一群牛

我不由想起天边的故乡

随处都有池塘和荷花

还有一个孪生姊妹叫荷叶塘

塘里不时有三二洗澡的人和牛

还有飞鸟掠过的空旷和悠悠

手机

一次次升级

一次次清理

总有小姐姐甜甜的声音关心你的套餐

好端端的字体忽大忽小

好端端的手机一下变成死机

都会有告知和合同

用户至上保护消费者

刚刚签字马上就有广告有推销有诈骗

反诈和欺诈差不了多远只是一个字

如果只差一个字只是一个行当尚可

还有许多都这样以关爱的名义

最恼火的是什么都和它捆绑

绿码红码你没有手机就没码

没有手机你寸步难行

喝着有毒的高汤

特别怀念清淡的日子

怀念一件棉袄传给几代的温暖

时风吹过

小草不知摆向何方

晨练

两只狗也闻鸡起舞

已在林中撕咬

无论多么名贵

女主人在拐弯处静心修炼美容

树上悬挂的手机屏帅哥在搔首弄姿

河边有跑步的男女

手臂上绑着个青布箍

我肃然起敬

风也仿佛静止

箍箍里的音乐声提醒是我的错

天亮得太慢

河水好像是在逆流

我要去的广场叫万花筒

参观厨房

名字也漂亮：开放式厨房

什么都在顾客眼底

鸡精味精各种调料一应俱全

几级厨师都是雕花匠

服务员个个都是形象大使

菜也不是当年的菜

味也不是当年的味

没有一块鸡

可高汤调出比有鸡更鲜

要找儿时味

除非你去养去栽，除非回到儿时

是否在机场

为了方便

为了节约时间和土地

建成了偌大的机场

富丽堂皇像个宫殿

车来车往想象今后应该是人来人往

一般的人在地下室很难钻出地面

候机室里宽敞明亮

公司店面广告牌的字很大

登机口指示牌的字很小

两个挨着的航空公司办理业务肯定不搭界

两台挨着的电脑打票也许不会兼容

我不明白的是，我这到了哪

凉都

好一座凉都

好一个凉字

都在争这个凉

感觉所有的凉都扑面而来

包括房屋、红绿灯、笑容

当然包括疫情下的产业

电视机使劲推销凉

想凉也不容易

想热也许更不易

秋旱

溪塘见底

无法映照天空的蓝和高深

田地灰黄，远山竹枯

更衬今秋之秋黄秋困

大雁高飞不断变阵牵不来乌云

禾秆插在龟裂的地缝

水田改旱土，菜籽撒下发不了芽

老农和芦苇一夜急白了头

百岁老人说一生难遇

可农人的坚韧即使收仓也不会发霉

干不死的是永远的勤劳

只是祖传清一色的木桶

换成白铁桶、塑料桶和包装桶

田间地头开满了五颜六色的鲜花

勤劳的乡下人知道

杉、松、竹、栗

乔木灌木针叶阔叶

杂不杂乱合不合适

只有居住的鸟雀和野兽知道

木屋瓦屋、土房洋房

竹椅木凳、真皮红木

好不好用舒不舒服

只有进屋的主人和客人知道

水田旱土、山边水边

大地的青绿和金黄

收多收少汗多汗少

只有勤劳的乡下人知道

乡下从来不喜欢设卡抬杠的人

崎岖小道，当年乡下唯一的路
男孩都在路上滚铁圈长大
无阻无碍，自由自在
再难觅当年放养的滋味

如今这路是越来越宽广
小区道路也铺了柏油
可不知什么时候处处设卡
本来不友善的人还换成了机器
进出的好像都前世欠了钱

最不习惯的仍是路过的乡下人
在我们山里
从来不喜欢设卡抬杠的人

起霜了，乡间的忧伤（组诗）

从炊烟里走出要断炊烟

在曾经远离的乡道

带孙子重复我的学步

有时间记起从前

有时间驻足思考

当我们学会了直立行走

就在不断学习文明

吃饭，需要粮、火、锅

穿衣，需要布、线、裁剪

出行，需要马、车、船、飞机

识字，需要纸、笔、墨、电脑

粮，需要种、肥、收割

布，需要纺、织、染、漂

动力，需要钢、铁、油

简单再简单的事理在重复

造化在山阳代价在山阴

可从最熟悉的路上走出

最容易忘了来时的模样

吃饱了便忘了饿忘了粮

穿暖了便忘了冻忘了布与衣

甚至从炊烟里走出要断炊烟

人间自有人间的活法

老是健忘就会容易离开钟爱的人间

人生路上的司机

路，气派宽广

流水线上奔跑大车、小车、三轮、摩托、魔鬼

限速 70，50，30，20

平路变成搓衣板

白线、黄线，减速带、安全带

都缠着生死

电子眼不停闪着冷漠的绿光

贼亮、贼精、贼准

认准一个一个的"禁止"

老板催时的电话一个接一个

要求守时不得罚款

上车后还要求平稳

车要开得像流水线般完美

我是人生路上的司机
真希望哪天是一只偷生的甲壳虫
边开车边祈祷
停电停运自己停止生息
那一头老婆孩子的电话又响起

那里在演犁田秀

田还是那丘田
老农和牛搅起的还是灰白的泥浆
还是如黛的青山做伴
只是多了歌舞、直播
多了青春美女洁白的腿和细腰
和风细雨里飘起花纸伞

一切都是熟悉的陌生
面朝童年
面朝山腰的祖坟
我好想大哭一场
那些沉淀多年青黄不接的往事与忧伤
全被犁翻起

霜间晨练

夜，无法掩盖冷和恐惧

替娘倒杯开水

干脆趁早锻炼

手足无措抵挡不了冰寒

在旱地里熬了一冬的大地

头上居然冒着热气

只是她的发髻一夜全白

大地的哀伤

稻草和枯竹知道

更早惊起的鸟儿知道

人间的忧伤

古老的庙和钟声知道

绿地

城里绿地中心卖的是绿地的名义

真正的绿地变成了数字、指标，也在买卖

城边的平地过水田

不断生长的是高楼、花草风景林和欲望

遥远的山顶正在造田

科学让水稻插上翅膀

金凤凰飞上山顶

事关粮食安全

一幕关于沧海桑田、"占补平衡"的大戏正在人间上演

愚公活到现在肯定已失明

许多后人都忘了愚公的真名

挖山不止并非往事如烟

屋后起个鸡窝已属于违建

好在山上的石头还是石头

太阳晒过会有记忆的余温

种子

种子发芽一拱出

生命进入呵护期

从绿到黄、从嫩到老

生命的周期只属于两个字：打理

结果了，归仓了

就在黑暗中长久地寂寞等待

每个人都是一颗种子

退休了，将自己打理成一颗归仓的粮

我的诗歌之路

我不是诗人，只是一个诗歌爱好者、一个文字的搬运工，可我始终怀揣着一个当诗人的梦想。

我一直认为：写诗和画画一样，是要有天赋的，既有智慧的，也有经济的。天赋乃天成，一个农民的儿子，居然爱上了缪斯，就像穷小子想娶天仙女，癞蛤蟆想吃天鹅肉。但几十年走过来，我就这么深爱着，自己都佩服自己。

大约是1978年冬天，在双峰一中的阅览室，偶然间翻到一本《中国近代史》，现在都记得那蓝白相间的封面，很干净很秀气。如获至宝的我一口气读完，读到愤慨时写了首长诗抒怀。这应该是我第一次写诗。此事老师并不知晓，但不久就扯出了问题。起因是借读同学的《曾国藩家书》，一股脑钻进了曾国藩的世界，又写诗了，为他叫屈。这两首诗经同学一传播，被老师知道了。那个年代"曾剃头"是不能谈论的，结果挨了政治老师批评。班主任谢立凡老师和历史老师曾彩初校长都是我一生非常敬重的老师与长者，分别找我谈话，善意提醒：就要高考了，不要分心，莫要影响考试。可我天生犟驴，哪听得进？父亲得知，专门从乡下来学校训我。我竟想说服他：没有曾国藩，至少没有家乡的崛起。气得父亲对我连骂带踢。好在老天保佑，我在病中参加高考，虽然超了本科线好远，结果考了个大学专科，但是进了自己喜欢的专业——中文系。一个作家和诗人梦就这么悄然诞生了。

自小父母就教我们崽女不要在外人面前说自己没有，再没有还有一双手，去外面闯荡时，要打落牙齿往肚里吞。那时，家里走亲戚，母亲总是大包小包，其实大多是带着一堆衣服。去的时候，找个弯或无人的地方，把补丁加补丁的外衣换成稍微好一点的，回来时又换回。每年春节，我总要在走马街大丰塅的田埂下换两次衣服，因为不远处就是父亲的姑妈家。总感到那时候的冬天特别冷，挨冻的印象十分深刻。小时候缺粮缺钱的感觉很不好，所以考大学填志愿时，有生活费和助学金的师范院校就是最好的选择。入校后，从微薄的生活费中挤出学费、路费，还要挤出买《人民文学》《诗刊》等的钱。那个年代，诗歌风靡，诗人时兴。我一头长发，故意蓄起嫩嫩的胡须，还总是抱着一叠书，头向着天，像个精神病患者。一有时间，我不是在图书馆，就是在后山的油茶林里，吟诗作文。偶尔，在油印的校刊上发首诗，也能激动几天，还经常偷偷地去传达室看有没有印着报刊函的回信。大学毕业不久，我就在湖南和云南等地的刊物上发表散文、诗歌。

理想很丰满，现实很骨感。人的生存总是第一位的，尤其是对于一个农家子弟，不仅自己要生存，同时还寄托着一大家子的生计与希望。1982 年 7 月大学毕业，说是分配我回家乡县委机关工作。我就安心在老家一边插田扮禾搞"双抢"，一边等分配。一个多月后，我挑担箩筐到二十里外的永丰街上卖东西，遇上一同学。他惊讶我还在挑担，而他早在地委机关工作，拿了头个月工资。他问我："你那么幸运被省直机关看中了，怎么还没去上班？"我将信将疑马上跑邮局打电话跟学校核对，他们也惊讶，说确有其事，通知书早已寄出。于是立马到县邮局查，好半天才查到挂号存单，通知书已在很早前就投递给走马街区邮政所了。我忙借辆自行车，搭着箩筐，到二十里外的区邮政所。马路边的邮政所里空无一人，幸亏知道这个所长兼邮递员的名字，问了好几里地找到正在田里扮禾的他。等从铺满灰尘的邮件中找到通知书时，天已黑。我又骑车到几十里的双涟火车站，连夜赶往长沙，身上的泥巴还没洗净就睡了。第二天清早，赶到厅里人事处。他们认为我不来了，并说是拒绝分配。

好说歹说，来往于学校与厅局之间交涉，才被分配到了一无所知的离家天远的溆浦县大江口，省里直辖的大型化纤化工企业——湖南省维尼纶厂。它是当时省里的重点亏损大户，也是厅里最差的单位。报到了才知道我是进了长沙市户口的，进厅机关的名额正好被有关系的原应回工厂的人顶上去了。就这样，我跟大湘西怀化结缘，一结就是四十多年。

溆浦是一个文化底蕴相当深厚的地方。屈原流放至此，写了大量名篇。溆水在工厂门前汇入沅江，流动着满河的故事。刚进厂时，家族里唯一的读书人我的表叔湘潭大学中文系老师王建章给我写信，要我去县城找找县文化馆的朋友，好好请教，莫荒废了文学。我去了，就结识了热心的作家馆长唐德佩、舒新宇。后来，又通过他们参加笔会，认识了文学青年王跃文、王行水、向继东等一批后来的大作家与诗人，并得到了他们的帮助和鼓励。在生产车间苦闷的工作之余，我继续写文作诗。同寝室的诗人向书毫帮忙抄稿投稿。两人发了豆腐块文章，拿到几块钱稿费，就买酒打牙祭。当年曾下放到维尼纶厂的《诗刊》编辑著名诗人王燕生还通信鼓励我们，信中就有一篇《长留群山的记忆》，我把它推荐到厂报发表。领导慧眼识珠，把我调入机关写公文。很快小有名气，口头命名为"工厂一支笔"。公文越写越多，头发和朋友越写越少。有时候该是其他部门和其他人完成的公文任务，也一定要交给我，以致别人对我的怨气越来越大，哪有时间和心境搞什么创作。1989年后当了个"小官"，后来又选调到地方，完全是行政事务。无论干什么都着迷的人，只能把文学梦怀在心中，四处奔波，为了工作，为了责任，当一个专业的职业人。但心底的文学梦从未泯灭，再忙也一直在偷偷地读诗，偶尔还偷偷地写诗，只是许多熟人都不知晓而已。2022年7月退居二线。组织谈话的当天，我关着门就开始写作。两天写完一篇散文，投出去居然发表了，并获得水利部的一个奖项。于是一发不可收，不停地写诗，先是上了"新湖南"，点击量颇多，后来居然上了《诗刊》等大刊。这样就有了这么一本诗集，算是了却人生一个愿望吧。

家乡名人璀璨，人才辈出，我深以为荣，自己无出息，只能沾光揩油。当年老校长曾彩初见我没考上理想的大学，特地来看我安慰我，夸我是"秀才"，我给改了个字——"锈才"。他哈哈大笑，说有诗意，可以当诗人。几十年过去了，诗人没当成，还看不起有些诗风和有些所谓的大家，并不屑与他们为伍。去年有个刊物要求修改一首歌颂家乡河的诗。一开始，按捺不住名利心，按要求改了几次。后来要改中心思想时，我牛脾气上来，就一字不改了。读诗写诗我自定了三个原则：一是说人话。要让更多的人读得懂，要让读者知道你想说什么。现代社会节奏越来越快，大家恨不得一口气把所有路走完。一个字、一张图片在手机里，就想把要表达的全表达出来。其实在我们乡下，大人在你学说话时就会教育你：要是不让人听懂，你说话干什么？即使指桑骂槐，也还是要有人懂的。二是动真情。也许是真的老了，写作时我常常潸然泪下，有时难过极了，尤其是写家乡写亲人，写给远在天堂的亲人时。当然，表达感情的途径是多样的，探索方式永远在路上。我反感有些诗人的造作，更反感现实中"从炊烟里走出要断炊烟"的人。三是要有诗意。努力写得有韵味和画面感。我喜欢看画，看摄影。我的诗追求画面感，加上是一乡巴佬，普通话学不会，所以不一定好朗读。由于自己的学识和固执，诗很平凡又俗气，难登大雅之堂。但我本是一俗人，何苦要大鼻孔插根葱？何况现在还有点自知之明，还在不断努力，还在尽力而为去满足自定的三个基本原则。

能够重拾文学梦，非常感谢组织和一群朋友。特别要感谢工作最后的宿营地——水利系统，感谢水利部文协和作协，湖南省水利厅和水文化研究会。最想感谢因诗相识相知的《诗刊》主编大诗人李少君和水利文协副主席诗人凌先有、李训喜及部里老司局级领导陈梦晖等人的提携鼓励。能够出书，非常感谢深圳出版社的领导和编辑，还要感谢教育帮助过我的所有亲人与朋友，尤其是我妻子的默默付出。感谢长期帮忙整理文稿的助手肖勇、老乡记者赵志高等朋友。薄薄一本书，满满都是情和爱。

　　丑媳妇总要见公婆面。这本书面世了，是我献给这个世界的一朵小花，希望读者多浇水，多批评指正，我都会一一铭记，在此鸣谢。我将努力吸收，争取以后写得好点，再有诗文集出版。

雪落在南方的乡下

胡金华

2023 年 4 月 8 日于湖南怀化